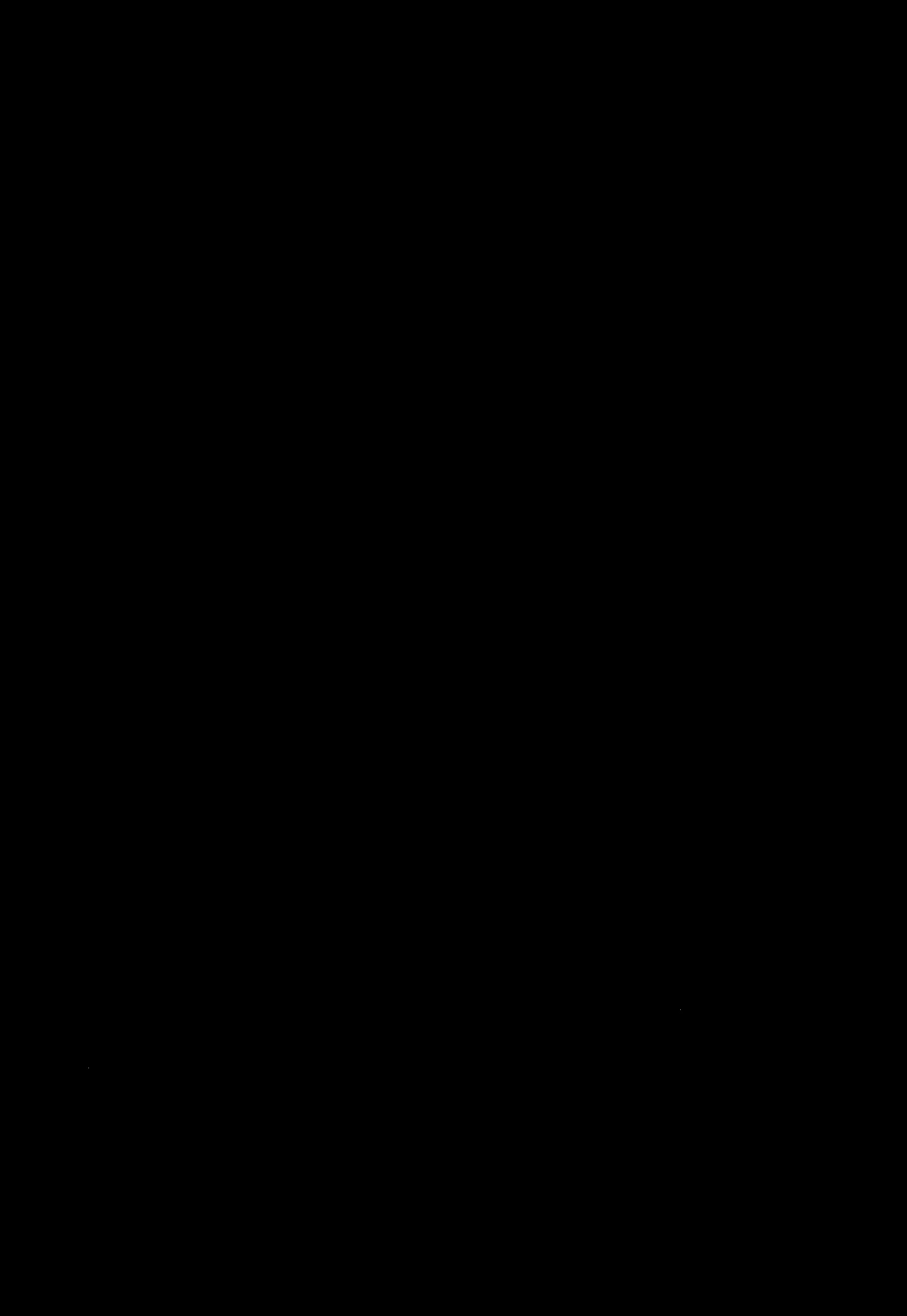

溺水的人鱼

[日] 岛田庄司 著

郭曙光 译

青岛出版社

目　录

溺水的人鱼 / 1

美人鱼兵器 / 97

海与毒药 / 160

后记 / 203

溺水的人鱼

1

里斯本的街道是依山而建的。穿过商业广场,我沿着蜿蜒在古色古香鳞次栉比的楼房夹缝中的街巷,信步徜徉,顺坡而上。

昨天晚上,我下榻在了特茹河对岸卡利亚什的一家宾馆,今天起了个大早,乘上渡轮,横渡过如湖面般宽阔的特茹河。等到我将手提箱寄存到投币保管箱里,开始爬坡的时候,我才注意到同船而来的那帮乘客已经一哄而散各奔东西,钻进了各自上班的办公楼里。他们都是在这一带上班的职员。

飞来里斯本之前,我还去了一趟意大利的贝尔加莫。那是一座乡间小城。因为从旧金山到里斯本没有直航,不得不经停意大利。我到此一游的另一个原因是,久闻这里的多尼采蒂剧场和那部著名的歌剧《爱情灵药》。

《爱情灵药》是一部颂扬真爱的爱情喜剧,但我无心在作曲家葛塔诺·多尼采蒂的老家欣赏剧中的那首著名的咏叹调《偷洒一滴泪》。这是我一向的怪癖,不想在那个地方亲耳聆听那首咏叹调是如何荡气回肠的,也不想体验那种难以名状的情到深处油然而生的沉思遐想。

实际感觉比预想要好得多：从乡间小火车站到多尼采蒂剧场的田间土路上，散落着的山毛榉的枯叶，还有透过路两旁树荫缝隙洒下的阳光。这一切都令我耳目一新。爬到半坡，便可以遥遥望见贝尔加莫郊外的村落，那景色美不胜收，宛若一幅优美的宗教油画。

我停下了脚步，一面呼吸着植物发散出的芬芳，一面欣赏着优美的景色，觉得那一大片灰黑色石砌老屋中央屹立着的教堂尖顶，俨然象征着一位卓越的葡萄牙女性。我细细地揣摩着这位女性一生的命运。我似乎觉得，这位天才女性的悲剧就是从这个村落开始的。如今，这一切在我这次意大利之行中，留下了深深的印象。

事情的起源是从结识南希·弗娅教授开始的。她是加利福尼亚大学伯克利分校血流控制内科学的教授。我的另一位朋友是应用生物学教授，他告诉我，有位女士和你志趣相投而且经历奇特，你可能会感兴趣，她以前与众不同，是个有着万分之一的特殊体质的人。

于是，我们在旧金山的文华东方酒店见了面，三人共进了晚餐，相谈甚欢。席间，她向我讲述了阿蒂娜·希尔娅——一位天才游泳运动员的悲剧：她是原葡萄牙队的奥运游泳选手，在一九七二年的慕尼黑奥运会上一举成名，为葡萄牙夺得了四枚奥运金牌。

尽管我不是体坛作家，但对阿蒂娜·希尔娅的名字还是有些印象的。那时候,她名噪一时。在那一届慕尼黑奥运会上,阿蒂娜·希尔娅和马克·丝碧茨双双崭露头角,她们创造的奇迹,让人们至今记忆犹新。

葡萄牙选手希尔娅和美国选手丝碧茨被舆论誉为"泳坛超人、空前绝后",媒体采访甚至追踪到了其游泳池外的私生活。尤其是阿蒂娜,因为天生丽质,被追捧为"美人鱼",一时间成了全世界瞩目的焦点。坊间传闻,她后来还涉足影视界,在法国和意大利影坛崭露头角。

阿蒂娜因此心浮气躁,极尽奢华,在国内屡遭非议。大概是由于太过聪明,正值事业巅峰的她,突然精神失常,一下子从事业的顶峰销声匿迹了!我是姑妄听之,对前因后果来龙去脉,更是丈二和尚摸不着头脑。向弗娅教授刨根问底,只得到一通悲叹唏嘘,弄得我也怅然若失。

就连一直从事医学研究的弗娅教授也惆怅不已。尽管现在医学发展日新月异,依然无法包医百病,医生面对很多病症依然束手无策,以致屡屡出现误诊或治疗事故。更何况那已经是发生在几十年前的事了。

尽管身处遥远的异国且非亲非故,2000年,弗娅教授还是毅然去了一趟里斯本,见到了阿蒂娜的前夫。见面无果而终,他们彼此都感到了绝望和无奈。而且,这位有着医学工作者那种强烈责任感的女教授,从此背负上了沉重的思想包袱。听到这里,我不禁感同身受,也想为此尽自己的一份力量。我不禁向往起贝尔加莫和里斯本,并陷入了深深的乡愁之中。

以前听人说,里斯本城共有七座山。这次来亲临目睹才知道,其实这里主要是由东西两座山构成。我现在就是在西边这座山的斜坡上,气喘吁吁地爬着。

里斯本是一座古城,现在城内到处可以见到十八世纪风格的建筑。公元前一千二百年时,这里是腓尼亚人所建立的部落群,大概因为这里阳光充足,山丘都面向大西洋,从山上的任何地方都能看见海,常使人引发思古之幽情。时至今日,山顶上仍保留着圣乔治城堡的原貌。

斗转星移,时光荏苒,罗马占领并统治了该城。到了中世纪,这里经过一次次改朝换代,里斯本的城池也随之一扩再扩。

接下来,跨入了大航海时代,一批批的冒险家从这座面朝大西洋的港口扬帆起航,一路东去,驶向遥远的太平洋彼岸。这帮葡萄牙水手最初到达的是大清国,他们送去的是炮火和殖民文化。

现在回想起来,那个时代应该算是这个国家的全盛时期。十五世纪,开辟印度航线的瓦斯科·达·伽马受到了国王的表彰;十六世纪,麦哲伦横渡太平洋,证明了地球是一个圆形的球体。

在此之后,大批的财富沿着达·伽马航线和麦哲伦航线源源不断地从东方运抵里斯本,葡萄牙一下子繁荣起来。最初跨越大西洋的是意大利的热那亚人,而实际上开辟大航海时代的是葡萄牙人。当时的葡萄牙人主宰了全世界。

来自日本的亲善使节,沿着达·伽马开辟的印度航线在这里登上了里斯本这座港口城市的海岸。据说,在里斯本港到处都能见到画着记叙这些事的彩砖。

接下来的时代,葡萄牙被西班牙吞并了,葡萄牙就此灭亡。因为,邻国西班牙利用从东方掠夺来的财富,一跃成了军事大国。

那些石头铺成的小路,街角到处可见的石阶,皆如古董。一代又一代的市民,边修边用,给古老的石阶配上了崭新的栏杆。

胡同和石阶都很狭窄,山下那片据称是里斯本最古老的阿尔法玛街区的胡同更是窄得像迷宫里的回廊。细细的回廊夹在石头和砂浆垒成的墙壁之间,弯弯曲曲绵延着,一通闷头茫然穿行,搞不好又回到了原地。这样的街景在欧洲古城里,比比皆是,突尼斯和格拉纳达都与之大同小异。

胡同狭窄昏暗自不待言,迎面而来的是胖胖的家庭主妇,她们手提塑料袋购物归来,与我狭路相逢,无论如何也别想擦肩而过了。我只能临时躲进路边只有几厘米深的民宅门洞缩紧身子等着。那些已经习以为常的主妇们轻车熟路地从我的鼻尖前擦"尖"而过。这瞬间,她们还不忘跟我打个招呼,诙谐上几句。这些老街陋巷里久住的主妇们就是这么和蔼可亲又不拘小节。

然而,她们的日子看上去过得并不富裕,走在胡同里,常见到一些公用洗衣的地方。这里像庞贝古城的浴室或罗马的躺卧沙龙一样昏暗暗的。胖胖的主妇们聚集在一起,喋喋不休地喧闹着,洗着衣服。中央是一个用水泥筑成的大水槽,旁边是搓板一样的一道道凹槽,主妇们在上面用两手不停地搓洗满是肥皂泡的衣物。

一问才知道,她们家里都没有洗衣机。如今在阿尔法玛一带很多家里都没有淋浴,即使有也大多老旧得无法使用了。

诸多贫陋皆因城市之古旧。世界上有许多旧城也建起了宽阔的道路。最为典型的是洛杉矶,那是一座汽车、公交和有轨电车发达的旧城。里斯本是腓尼亚人统治时代建起的城市,基本风貌保留至今。古时候的人们出门办事全靠两只脚,所以城市一般都是尽量建得又窄又小,所谓道路,不过是连接住宅间的走廊而已。

道路到了陡坡处,就变成了石阶。登上陡坡,豁然看见了电车。二十八路电车从我眼前慢慢驶过,这路电车是里斯本的主要干线。盯着看,电车毫不费力地爬上陡坡,俨然像缆车一样。其实在里斯本还真有正规的缆车。这里就是这样一座建在斜坡上的城市。

我沿着电车线路走了一段,发现里斯本的电车果然独具特色,车体紧贴着临街的房子行走,有时甚至感觉几乎贴到了墙面上,那些临街窗户和阳台上晾晒的衣服从眼前一掠而过。

车站上竖着牌子,上写:每隔八分钟至十分钟一趟。可是,八分钟里竟过去了好多辆。接连有两三辆与我擦身而过,又依次钻进了幽暗的夹道中。这一切看得我目瞪口呆。

夹道内,除了电车还有自行车和行人。我正纳闷,电车为何行进得如此缓慢。原来车前有个人正双手抱着行李慢慢地走着，电车无法超越过去，只好无可奈何地跟在后面缓缓而行。跟在后面的电车一辆紧跟一辆，如影随形，越积越多，眼看着排成了长龙。

　　有时遇上路边停着的汽车，一下子挡住了路，好几辆电车都无法前行。焦急的鸣笛声响成一片，催促着，等待司机回来开走那辆堵路的汽车。

　　产业革命以来出现的文明利器横空出世，使得这座古城中乱象丛生。就像巴黎的电梯一样，在一座原有大楼的螺旋阶梯中央位置，硬生生地塞入一个小盒子。

　　尽管如此，里斯本的电车永远不能废止。因为道路紧贴着陡坡，对那些生活在这里的老人和那些肥胖的妇女们来说，电车和缆车是不可或缺的公共交通工具。

　　但是，每每驻足欣赏，都能真实地感受到这座山城之美。走累了，转身回望，便可望见大西洋，阳光穿过云层间隙洒落在碧波万顷的洋面上，这片大洋一直连接到遥远的东方，激起后生们对东方的向往和冒险的野心。

2

　　又爬了一大段坡，终于找到了我要找的那座公寓——波尔多大街二〇〇六号。一座老旧临街的三层楼房。

我与阿蒂娜并非相识,随身也没有带介绍信之类。只是从弗娅教授那里听说,这里是她晚年在里斯本住过的地方。

不知道她的住所现在到底怎么样了。五年前,阿蒂娜在这里用手枪饮弹自尽,长期看护她的女儿亚美莉也在其后第二个月悬梁自尽了。

我试图走到近前看个究竟,但见阿蒂娜的公寓前堆满了看上去像装着水泥或灰泥之类东西的袋子。从微微敞开的大门里可以看到,里面堆着的预制件和砖瓦,一捆捆的四方木横躺在地,一阵阵施工噪音不断从头顶传来。

我叫住了从我身边走过的一位大婶问道:

"对不起,请问这是阿蒂娜·希尔娅女士住过的公寓吗?"

"你说什么?阿蒂娜·希尔娅?"

被问到的大婶一脸惶惑,看来阿蒂娜已经被里斯本的居民遗忘了。

"就是原来那位奥运会游泳冠军……五年前饮弹自尽的那位……"

经我这一提示,大婶一下子叫了起来:"噢,你说的不会是那个女疯子吧!"大婶的这番回答,对一个知情者来说,应该算是失态了,"是的,是的,是这里。"

"怎么,里面好像正在施工?"我继续问道。

"是的。政府收购了这所房子,现在正在修缮。大概楼里的淋浴和厕所都该更换了。太旧了,没法用了。就连我都想把家里的那些厕所的水管和淋浴换掉,老长时间了,一直就不好用。"

我没时间听她絮絮叨叨,谢了一声,正要转身离开,楼上的施工声戛然而止。

我推开微微敞着的两扇门,进了里面的走廊,迎面遇上一伙顺着楼梯蜂拥而下的装修工人。

"对不起,我是阿蒂娜的粉丝。想到二楼看看,行吗?"我操着半生不熟的葡萄牙语问道。

一位工头模样的中年男人诙谐地答道:"当然可以!保罗在上面,你有什么话,尽管对他说。可千万别碰那些湿墙面哟。"

我频频点头,举起一只手向他们打招呼,慢慢地攀上了楼。果然,楼上的墙面因为施工一片斑驳,一个青年工人坐在地板一块干净的地方,正在啃面包。

"底下的工头允许我上来的,我是阿蒂娜的粉丝,想参观一下这些房间,可以吗?"我小心翼翼地对他说。

"当然可以。"他二话没说就答应了。

我便在室内一间一间地打量起来。青年坐着的那个房间挺宽敞,看起来像是客厅,其余两个房间都小一些,像是卧室,附属在旁。有个小房间,像是厕所或淋浴间,但是没有浴室用具。

小屋里有个小窗,两扇窗户的窗棂被漆成了绿色。透过窗户玻璃,能看到一片片红瓦白墙屋顶,再往前极目远眺,尽头是波光粼粼的大西洋。

我绕过那个青年来到内院,从这里看到的景致更是别有洞天。一望无际的大西洋连通着遥远的远东彼岸,干燥清爽的海风从大西洋沿坡而上徐徐吹来,令人心旷神怡。屋子采光很好,客厅里没有挂窗帘,大半间屋子都洒满了阳光。

盖世无双的游泳天才阿蒂娜·希尔娅在事业处于巅峰之时,突然精神失常,销声匿迹。这就是她生活过的地方,就在这个房间里,她终日坐着轮椅,度过了近三十年,最后用手枪了断了自己的生命。她曾经是那样阳光健康活力四射,而那三十年里就如同植物一样,不言不语,没有意识,没有判断力,一天天,一年年,整日里默默地、静静地、呆呆地凝望着远处的大海,如同一具活僵尸……

但她并不是单纯的感情丧失。她虽然丧失了情感,毫无判断能力,但也偶发暴戾恣睢,冷不丁地冲着女儿破口大骂,像是想起了谁,想起了什么事情。

她那极端自我的性格,从前就已暴露无遗,每当她谈话或发言时总是不苟言笑,她原本想使自己和蔼近人的初衷早已无影无踪,剩下的只有愤愤不平。昔日的美貌早已荡然无存,靓丽的双眸也变得黯然无神,皮肤粗糙无光,使人一看见就会联想起老橘子皮。丈夫离去了,亲朋好友也不上门了,没有人与她交流。照顾她的只有她的女儿——那个她入院时还不满周岁的亲生女儿。

在这个世界上,阿蒂娜唯一能向其流露出真情的人是她的教练丈夫布鲁诺·亚莱,而且只有在她听到那首《偷洒一滴泪》时才会表现出来。

布鲁诺以前也是游泳选手,论素质远远比不上阿蒂娜。他甚至连参加奥运会的资格都没有拿到,但他却有当教练的天赋,他早早地发现了阿蒂娜的潜质。他对阿蒂娜痴迷若狂,废寝忘食,马不停蹄地训练她。

阿蒂娜的杀手锏是她天生的绝技——海豚游法。她的打腿动作发力惊人,简直可以比拟超人。她一入水,潜行发力,锐不可当,就如同一条海豚,也可以将之比喻成一艘鱼雷,其速度之快,就连在场采访的摄像师和摄影师都手忙脚乱,来不及捕捉其影像,整个过程迅雷不及掩耳,于是乎成就了如今已经成为传说的"海豚游法"。

为什么她能具备独一无二的超人能力呢?这一切至今还是个谜。但可以肯定的是,这绝不是阿蒂娜呕心沥血努力训练的结果,而是她缘于她身体内部蕴藏的一种神秘的力量。舆论媒体将这种游法冠以"美人鱼游法"的美称。她一用此法,立刻脱颖而出,技压群雄,遥遥领先,很快将对手们甩出三十米。她将自己独创的这套美人鱼潜游法,分别运用到了蛙泳和仰泳上,屡试不爽,所向披靡。

这种游法,除了阿蒂娜以外无人掌握,包括那些男选手。从物体阻力的理论上讲,人在水中行进的阻力远远低于水上,但是人在水中潜水时间一长,肺活量往往又跟不上,所以一般选手潜泳,游不了多远,体力就跟不上了。长时间潜水,会对游泳选手的肺和其他器官造成很大的损伤,入水起泳后都加不上速。另外,这种游法需要全身都要跟着剧烈扭动,腰部负担很重,一味强行游下去,腰部就会扭伤。

然而,阿蒂娜游起来却轻松自如,她简直就像是与生俱来的水中生物。天生的大肺活量和超强的背肌力量,加上修长匀称凸凹有致的流线型躯体,愈发减少了在水中的阻力,她简直就是为游泳而生的。除此之外,她还长着一双漆黑的眸子,一根笔直的高鼻梁,一头乌黑的秀发,她的美貌迷倒了所有国人。她一下子声名鹊起,她训练用的游泳池也吸引来无数的痴迷粉丝,只为一睹她的芳容和英姿。

她的实力和美貌,无疑也令她的教练布鲁诺·亚莱为之倾倒。为了使她的那种海豚打腿的绝技在蝶泳和仰泳中充分发挥,布鲁诺采用了两个项目交替训练的方法,对她进行强化训练,她也十分配合。功夫不负有心人,阿蒂娜的自由泳也创造了世界纪录。在1972年慕尼黑奥运会上,她轻而易举地为自己的祖国争得了四枚金牌。大功告成之后,布鲁诺向她求婚,她欣然接受了。

他们在威尼斯完婚后,返回途中伉俪二人又顺便去了贝尔加莫。在那里,他们观赏了那部著名的歌剧《爱情灵药》。去观看这部歌剧还有一个原因,就是这部歌剧的女主人公的名字叫阿迪娜,与阿蒂娜的名字异字同音,所以,布鲁诺特意请自己的新婚妻子去观赏这部歌剧。

剧中的男主角叫无名小子,为了追求自己的心上人,买来了据说能够俘获心上人芳心的"爱情灵药"——其实只是假药,一饮而尽,果然如愿以偿,俘获了阿迪娜的芳心。布鲁诺把自己比作无名小子,想把自己内心炽热的思慕,告诉自己心爱的新娘。他觉得自己的实力和成绩跟阿蒂娜相距甚远,因此心里更加深切地仰慕着自己的心上人。

果然,剧中那首无名小子热情高歌的著名咏叹调《偷洒一滴泪》,深深地沁入了阿蒂娜的芳心。从那以后,阿蒂娜逢人便说,这首咏叹调是她一生的最爱。她还到处托人收集这首歌不同版本的唱片,一有空就拿出来欣赏。

对阿蒂娜来说,这首《偷洒一滴泪》不仅仅是她的最爱,也是在她身为巨星名噪葡萄牙、闻名全世界的全盛时刻,他心爱的丈夫赠予她的最好的人生礼物。这首曲子,成为她辉煌青春一去不还的纪念碑。

晚年的阿蒂娜尽管因为脑子的原因变得暴戾恣睢难以伺候,但只要一听到这首曲子,她就会立刻安静下来。女儿亚美莉有意经常播放这首《偷洒一滴泪》给她听。阿蒂娜本人似乎也常常期望着,所以女儿就在这个房间里一天数遍、不厌其烦地播放着这首歌的唱片。

丈夫离她而去之后,她更是一整天一整天地坐在轮椅上一遍又一遍地反复听着这首曲子,度过她生命中的每一天。用弗娅教授的话来说,每当这一刻,阿蒂娜就会热泪盈眶,不时叹息着呜咽着喃喃自语:

"多么美妙动听的曲调呀!真是太奇妙了……"

路面上传来隆隆轰鸣声,一下子把我拉回到现实当中。定睛端详,原来眼下正有一辆二十八路电车从楼前通过。笨重而庞大的车体,吱吱嘎嘎慢慢吞吞地前进着,黑乎乎的车顶和导线弓,擦着我的鼻尖掠过。我仔细观察才发现,窄窄的路上只有这一条电车线。

"楼下的电车是下行线吗?"我朝向身后的青年大声询问道。

"不。上行下行都有。"青年平静地答道。

"上行下行都有?可只有一条电车天缆呀!"

"门口的这条线,是上行下行共用的。就像缆车的天缆那样。"

上行下行两个方向的电车共用一条线,怎么会车呢?电车公司可不会这么笨,可能是他们有意避开了双向会车的时间,他们手下的电车可不止一辆。

"要是上行和下行双向会车时照了面怎么办?"我这么一问,青年立即答道:

"会车的时候,一方就必须事先在道口等着。"

"原来如此……"我恍然大悟。可真是穷则思变,这是迫于道路窄才想出来的办法吧。

"这种共用路段,别处还有吗?"

"还有好几处呢。"

"这些栏杆,怎么这么高呀?"我岔开了话题,手扶着高过我前胸的栏杆问道。

"这栋房子的栏杆好像比其他房子的高出一截。大概是因为里面住着精神病人,怕她失足摔下去吧。因为楼下经常有车来往经过。"

我听着,默默地点着头,但心里直嘀咕:阿蒂娜可不是普通的精神病人。果真如此的话,那可能是缘于当时的葡萄牙主治医生的无知或误解。

"这个栏杆,也说过要更换掉,但最后不了了之。市里面预算太紧,没有钱。"

这个解释颇有说服力,我身不由己地点头称是。

"不过,这房间倒是蛮明亮,蛮漂亮的。"我感觉心里轻松了许多,晚年的阿蒂娜在这间明亮漂亮的屋子里度过余生,也算是不幸中的万幸了。

"现在你看到的房间,已经是重新装修过的了,以前这里可如同地狱一样:四面墙壁破烂不堪,淋浴早坏掉了,根本不能用,下水道也淤死了,水管里根本淌不出水来,大概只剩下蟑螂和老鼠了。"

听到这里,我的心忽地揪了起来,唏嘘了一番。我接着问道:

"有没有听说希尔娅养过什么宠物?"

"那倒没听人说过。"

我的神情更加黯然。

"你知不知道,五年前住在这里的那位阿蒂娜·希尔娅女士?"

"噢,我只听说过这个名字。"青年点头回答。

"你还听说过其他关于她的事情吗？"

黑发青年耸了耸肩。

"她可是二十世纪七十年代著名的游泳天才，当时无人不知无人不晓。"

"嗯。"

"还有呢？"我站在栏杆前，转过身来，朝向青年。

"她是世界级的著名游泳选手，仰泳、蝶泳、自由泳，还有混合泳接力，一下子为葡萄牙争得了四块金牌。听说至今她还有没有打破纪录的项目，大概是蝶泳吧……"

在奥运盛会上，无论是谁，一旦以压倒性的优势刷新了世界纪录，就如同改写了历史一般令全世界的人刮目相看。不过，那都是她爆出丑闻之前的事。

小伙子所说的阿蒂娜没有打破世界纪录的项目，是指仰泳和蝶泳。希尔娅使用的美人鱼游法后来被禁止，她打破纪录创造的新成绩也被取消了。阿蒂娜·希尔娅被封杀了，连同她在奥运会上创造的纪录，也被一笔勾销。

"当时她可是家喻户晓……"

"那当然，她可以说是自麦哲伦以来葡萄牙最大的名人呀。"

"你还知道些什么？"我又问。

"没有了，大体就这些了。后来，她的精神突然出了问题，晚年幽闭在这里，聊以度日。再后来，在那个圣安东尼奥节的晚上，她用手枪击中了自己的心脏，自杀了。噢，后来她那位惜别的丈夫,听说现在已经病危,在圣何塞医院躺着呢。"

"此话当真?"我眼前一亮,一下子抓住栏杆,直起身。这对我来说,真是柳暗花明。

"是那位,布鲁诺·亚莱?"

"我只是听说而已。"

"你能确定吗?"

"昨晚在酒馆里喝酒的时候,听人说的。你想知道的话,最好亲自去圣何塞医院打听一下。"

我顿时觉得如释重负,也只有这个办法了。

3

圣何塞医院坐落在西边的那座山上。我从阿蒂娜的故居出来,乘上二十八路电车,径直赶往那里。别人告诉我,从马丁莫尼斯站下车即是。

二十八路电车行进起来慢吞吞的,随着坡路时起时伏,犹如坐过山车一般。由于车体老旧,一路上摇摇晃晃,让人提心吊胆,真的像是进入了游览景区,每当横穿南北方向的道路时,总能望见远方的大西洋。

我的身子随着车体不停地摇晃着,脑子里拼凑着在旧金山时从弗娅教授那里听来的,那些关于阿蒂娜·希尔娅生涯的枝节片段。阿蒂娜的一生,说起来真可以称得上是罕见离奇的悲剧人生。

其中掺杂的那些风流绯闻往往使人想入非非,成为低俗杂志的谈资,吸引着坊间好奇的眼球。然而,我关心的并不是那些刺激感官的东西。

围绕她发生的一系列事件,简直堪比全球名流的新闻,搅得整个世界骚动不安。但最吸引我的并不是那些坊间丑闻,而是她自杀的事。

刚才我参观的房间,就是她二〇〇一年六月自杀的地方。当时距慕尼黑奥运会上她叱咤风云誉满天下的风光年代,已经过去了二十九年。一九五〇年出生的阿蒂娜,时年五十一岁。她失去了昔日那动人的美貌,失去了情感,失去了判断能力,成了一个地地道道的植物人,悄然无声地存在着。她被这个世界遗忘了,甚至连她死去也没有引起任何骚动。就连我,在听到弗娅教授说起之前,对她的死也一无所知。

据弗娅教授说,阿蒂娜一生中最大的疑团,就是她自杀时留下的谜案。与之相比,她生前发生的一连串丑闻都可以忽略不计。她的自杀令人不可思议,甚至可以说充满了超自然色彩。这个未解的悬案,成为昔日的那些粉丝们探秘追寻的目标。说白了,这也是我专程来里斯本的理由。我被这个悬念深深地吸引着,一心想解开这个谜。

阿蒂娜的童年时代我不清楚。他父亲年轻的时候是个不错的足球队员,曾经因为伤害他人坐过牢。阿蒂娜偏执过激的性格,十有八九是遗传自她的父亲。

她父亲从球队退役之后成了一名渔民,在大西洋上捕鱼为生,后来遇上风暴遇难了。她母亲在阿姆雷拉斯市场摆摊卖丈夫打来的鱼。那座市场由麦哲伦的后代经营,是里斯本最古老的市场。有人传说,丈夫死后她干起了非法的生意。阿蒂娜高中的时候,她的母亲也在一场车祸中去世了。

阿蒂娜没有兄弟姐妹,孤苦伶仃的她被送进了政府免费的养育院。她是在那里长大的。在养育院里的游泳池上游泳课时,她展现了自己的游泳天分,受邀来担任教练的布鲁诺·亚莱发现了她。

他对阿蒂娜超长的游泳本领拍手称奇,把她带到了国家游泳队,安排她住进了队里的宿舍,对她进行系统的强化训练。那一年,阿蒂娜已经十八岁了,对游泳选手来说,这个年龄起步已经晚了,她加大强度不分昼夜地勤学苦练。终于,功夫不负有心人,她真的为国家争了光。

慕尼黑奥运会以后,她的生活发生了巨变,如梦如幻:她新开的账户里存入了巨额资金,她住进了高级公寓。那所新公寓里带有游泳池,如宫殿一般富丽堂皇。这里成了整个欧洲媒体关注的中心。她几乎成了自麦哲伦以来葡萄牙最大的名人:有导演邀请她出演电影电视剧,她应邀出席欧洲王室宫廷主办的晚餐,慕名而来的求婚者们也纷至沓来。

她成了葡萄牙的骄傲,人们为她欢呼雀跃。她远赴法兰西,作为女一号登上了银幕。她本身的演技不差,这次出演电影以后,她的人生开始癫狂了。除了精神,她的身体也出现了奇妙的异常——她染上了毒品!

那些在她脑子里打下烙印的各种毒品,使得阿蒂娜身体内那些犹如精密仪器一般的器官遭到了破坏,发生了异变。打个比方说,就像给一台精密的法拉利赛车最新型的高性能发动机加入了劣质的灯油,结果不言而喻,只能使她失速、翻滚。起步加速的阿蒂娜从陡峭的坡顶失速、翻滚、跌落,促成了她过山车一般从峰顶跌至谷底的惊险人生。

养育院里飞出了金凤凰,阿蒂娜一炮走红名利双收,招来了四面八方的羡慕和嫉妒!那些风流名媛们不约而同地蔑视阿蒂娜,对她不屑一顾,甚至嗤之以鼻。然而,对这一切,阿蒂娜的回应举动却让所有人目瞪口呆。

在一次训练比赛冲刺时,阿蒂娜一下子揪住了旁边泳道的一名女选手,二话没说,拽掉了她的泳帽,揪住她的头发死命乱拽,最后,挥拳朝着她的面颊和前额一通乱击。

既是教练又是丈夫的布鲁诺在一旁慌了手脚,他纵身跃入水中,死命拽住阿蒂娜。他再来晚一点,对方说不定就会被打出个三长两短,非住院不可。她丈夫为妻子的冲动,私下里向对方道了歉,最后以"马上就要参加重要比赛,为国争光,情况特殊"等理由,赔了人家一大笔钱,总算让对方答应不起诉。

接下来又发生了阿蒂娜在里斯本机场大打出手的事件。其实在这事之前早就有伏笔,那事到今天也没水落石出。在法国南部的度假胜地,有人偷拍到了阿蒂娜跟一位法国著名男影星袒胸露背躺着调情的艳照。此时,阿蒂娜已经结婚,女儿亚美莉已经出生。她连同女儿和雇来的保姆一起带到了法国的外景地。这下真是报出了大冷门,这事立刻成了天大的绯闻!

一波未平一波又起,阿蒂娜返回里斯本的时候,她丈夫布鲁诺没有到机场去迎接。大概是因为他看到艳照耿耿于怀,也或许是有意躲避那群讨厌的狗仔队。

飞机降落后,阿蒂娜好不容易摆脱围追堵截穷追不舍的媒体记者们,推着婴儿车奔向停车场,一名女记者冷不丁一下横冲过来,一通噼噼啪啪的闪光和咔咔擦擦的快门。阿蒂娜怒上心头,对准那名女记者挥拳就打。她夺过对方手里的相机,重重地朝地上砸去,嘴里还不断大骂着,越打越起劲儿。随行的保姆和经纪人急忙上前劝阻,如果不是这几个人拼命扯拽劝解,那位女记者十有八九会被阿蒂娜打进医院。

更令她挠头的事,这一切被在场采访的电视台记者全程录了像,很快在电视上播出了,各家电视台争相转播之后,紧接着的是舆论的口诛笔伐。被打的女摄影师起诉了,阿蒂娜理所当然地败诉了,被判罚支付给被打者一笔巨额赔偿。

尽管事情闹大了,平心而论,阿蒂娜自己也有一肚子委屈。急功近利的媒体记者为了拿到热点新闻,吸引观众眼球,追拍在先,难辞其咎,有前因才有后果,对方多少也有责任。然而,到了里斯本泳联的办公室里,阿蒂娜心气不顺,又对那里的一名女职员大打出手,简直跟街头的黑社会没什么两样。周围的人和辩护律师也都劝不住,有人打电话报了警。

吵着吵着,怒不可遏的阿蒂娜,冷不防将那个女职员一拳打倒,使她撞在了窗上。女职员的头部撞碎了玻璃,玻璃的碎片深深地刺入了她的脸颊和脖颈。阿蒂娜振振有词:这个女职员整天背地里说她的坏话,平时见面也总是横眉冷对。这段时间里,阿蒂娜成了整个葡萄牙的众矢之的。

那名女职员伤得不轻,面颊上留下了终生无法修复的深深疤痕,对一个女性造成这种伤害,这种恶行是不可饶恕的。要是玻璃刺入眼睛,无疑会导致失明,脖颈上的伤口紧靠颈动脉,差一点就要了她的命。因此,阿蒂娜的行为,构成了二级杀人未遂罪。

阿蒂娜被里斯本市警察局逮捕了。警方认为,她的罪行严重且为屡犯,不能酌情减轻处罚。尽管律师使出了浑身解数,还是于事无补。警方以伤害罪提起了诉讼。而且,在漫长的取证期间又查明了她非法持有并长期吸食毒品的事实。坐牢在所难免,她被判处有期徒刑半年。

服刑期间,布鲁诺对阿蒂娜的爱始终不渝。他每天都去监狱送东西鼓励阿蒂娜。就连在迫于无奈应邀出席的记者招待会上,他依然反复维护着自己的爱妻,表示坚决不放弃她。

后来,阿蒂娜刑满释放,回到了游泳池。经过一系列的焦虑、打击,加上长期缺乏训练,她的成绩已经无法跟从前相提并论了。对此,布鲁诺却并不担心,他为她认真地制定了训练方案,力图全面恢复她的状态。当时阿蒂娜刚刚二十四岁,还年轻,认真训练的话,成绩可能还会更好。而且,她要在下届奥运会之前,消除之前的那些负面影响,争取拿到参加奥运会的选手资格。

然而,阿蒂娜彻底辜负了丈夫的一番苦心,辜负了葡萄牙泳协对她的期望。渐渐地,她出现了令人无法理解的怪异行为,那种异样,那种丑怪,就像圣经里描述的恶魔附体一般,令人瞠目结舌。她就像一个正在飞转的齿轮脱落了,在没有完全落地之前仍在转动,但是无论怎样也不可能再让它回到原来的运行轨道上了。

弗娅教授告诉我,阿蒂娜的丈夫布鲁诺——一个不愿抛头露面的人——私下里曾经告诉她,他俩的夫妻生活也开始变化了。阿蒂娜的性欲变得异常亢奋,简直到了令他难以招架的地步。两人在家单独相处的时候自不待言,在出差旅途中,在游泳池里,甚至有时在大庭广众的餐厅里,阿蒂娜也向丈夫求欢。

最初,布鲁诺认为,这一切都是真爱所致,也从中感觉到了妻子的爱意,于是他也积极配合。但阿蒂娜的欲望一发不可收,而且愈演愈烈,使他感觉妻子从未满足。

有时正吃着饭、喝着茶的时候,阿蒂娜就毫无征兆地,突然开始呼吸急促,伸出左手,抓住丈夫的胳膊,寻求云雨。丈夫以为她是在开玩笑故作媚态,就搪塞推脱,顾左右而言他。这时候,但见她开始浑身颤抖,呼吸急促,面部痉挛,呻吟不止,最后发出一声长长的身不由己的闷叫——她高潮了!

这种情况接连发生了好几次。不光在吃饭喝茶的时候,聊天的时候、在路上走着的时候,她也会毫无征兆地突发此状,根本不能自控。而这种时候,他俩往往毫无身体接触,没牵手,也没有任何感官刺激,天上艳阳高照,周围恬静和谐,毫无任何能够刺激感官的东西。可阿蒂娜就像一头发了情的动物一样,一天到晚充斥性欲的冲动。

　　后来,一次在酒店吃饭的时候,阿蒂娜突然发作了。在大庭广众之下她呻吟流涕,从椅子上摔到了地板上,呼吸急促全身痉挛。丈夫赶紧抱起她,匆匆离场。

　　开始,布鲁诺怀疑是毒品的作用,吸食者性欲亢进纵欲无度,毫无疑问与毒品有关。他斥责妻子意志薄弱,强制对妻子进行了身体检查。然而结果却出乎意料,发病原因根本不是吸食毒品。阿蒂娜本人也否定说,自己从上次戒毒以后再也没有吸食过毒品,这可能是戒毒后遗症。

　　阿蒂娜的精神开始日渐狂异,在家里也常常会情不自禁,淫态百出。她丈夫企图上去制止,她却骤然暴怒哭喊号叫,最终,对布鲁诺大打出手。她挥舞着棍棒,所及之处,家具桌椅,瓶瓶罐罐,都遭了殃。打砸够了,她倒地下蹲,又开始颤动呻吟……

　　面对自己的爱妻一天多次发作的丑态,布鲁诺感到万分恐惧。她再也不是以前的那个朝夕相处、相濡以沫、温情脉脉的游泳健将阿蒂娜·希尔娅了。他也再没有激情配合爱妻去行那云雨之事了。阿蒂娜感觉到丈夫的躲避后,愈发肆无忌惮。随时随地的发作使她已经不能外出活动了,连训练的游泳池也不能去了。

　　游泳池里见不到这对夫妇的身影,泳协的电话接踵而至,身为教练的布鲁诺只得找出各种理由掩盖推脱。他别无他法,如果已经丑闻缠身的妻子的这些淫行再被传出去,她就会身败名裂,当务之急就是要想尽一切办法回避。

　　趁阿蒂娜还没有性欲爆发,丈夫抱起她,使出全身力气,好歹把她塞进了出租车,一路直奔里斯本大学医院。也许是途中车内震动的原因,阿蒂娜又发作了,喘息呻吟,丑态毕露。

　　神经科教授里卡多·科斯塔坐诊询问了病情。此刻阿蒂娜快感刚过余韵未消,目光依然媚媚的。正在问询期间,但见阿蒂娜似乎被一股股涌上的快感吞噬着,对医生的问诊前言不搭后语,后来竟一下子倒在丈夫的怀里。布鲁诺知道:她又高潮了。医生看罢,心里更加明白。科斯塔教授自称是一名虔诚的天主教徒,他静静地观察着阿蒂娜的一举一动,表情略显忧虑。医生当然已经知道,阿蒂娜此前在媒体上引起的那场轩然大波,也知道她被判刑服役的事,加上阿蒂娜出身贫寒,她给医生留下了不好的印象。

　　三十分钟的检查结束后,这位著名的精神科权威医生,就像一位教父一般庄严地宣告了诊断结果:阿蒂娜患有"先天性性欲亢进症"!所谓"性欲亢进"就是"色情狂"的医学术语,是指超出正常水平的过旺性欲导致的性冲动及性行为。

"注射荷尔蒙抑制剂,外加口服神经镇静剂之类的处方药,以减退超量的性欲。每天两次口服,注意观察她的身体情况,尽量避免震动。"医生接着又宣布:"禁止患者乘电车,骑自行车。切忌去迪斯科舞厅之类低音震荡的场所。爵士乐之类的颓废音乐,对这种体质的女患者来说,也是不好的,绝对不要让她听。"

"我补充两句。"科斯塔教授接着发表了如下一番见解:

"我常年做此类项目的研究,性高潮本身对贞淑的女性来讲是多余的,毫无益处的,是非自然的,也是不必要的。女人没有性高潮照样可以妊娠怀孕。也就是说,女性的性高潮,并不能完全说是女性与生俱来的所必备的,因此即使用药物将其完全抑制住,对女性而言,也不会有什么不适。"

布鲁诺对这一番专家的解说心服口服。

服药后,阿蒂娜的症状很快得到了控制,但是服药后她的游泳成绩一落千丈。药物麻痹了她的挑战能力,严重影响了她的运动机能。

但是,一停药,阿蒂娜又旧病复发,淫荡癫狂,形态怪异,对上前控制她的丈夫,痛打一通。到了晚上,她的眼神里透着妄想的幻觉,对丈夫讲起了奇妙的故事。

4

"我是来自大西洋的美人鱼!"阿蒂娜一边给女儿亚美莉喂着奶一边说。

一个舒爽惬意的初夏良宵,海风穿过庭院徐徐吹进了这间能够远眺大西洋的房间,白白的花边窗帘不停地随风摇曳着。

"布鲁诺,你还记得雷恩那位马尔伯德主教写的那首《论娼妇》诗吗?其中有一句'世间最恶的害人精,就是女人。'这个女人,指的就是美人鱼。"

大概是女儿吸吮乳房刺激又了她,阿蒂娜身不由己地颤动起来。原本躺在婴儿床上的亚美莉悄悄地朝着横卧在旁的布鲁诺爬过来。

"欧坦的主教赫那留斯说,在海上弹竖琴的美人鱼象征着性欲,吹角的美人鱼象征着傲慢,唱歌的美人鱼象征着物欲。这三条美人鱼代表着三种诱惑,来俘获世间的那些原罪之心,诱惑他们休眠死亡,引他们去地狱受苦赎罪。美人鱼之所以化身美女,是因为世间没有比爱欲更容易使人背叛神的崇高精神的了。"

接着,阿蒂娜呵呵地笑着,抱住丈夫,叹了一声,又深情地说:"我爱你,布鲁诺。"

"我也爱你。"布鲁诺回应道。

"性爱是有罪的。夫妇间的性爱,只不过为传宗接代而已,过度行乐即为放荡,是绝不能容忍的。这是自古以来,神父们天天训诫的神旨。引诱人放荡的是魔女,魔女要下油锅的,这就是神的崇高精神……"

阿蒂娜开始全身颤抖,她已经无法坚持听到最后了。布鲁诺知道,她又开始发作了,就像以前一样。然而,阿蒂娜冷不防一下把布鲁诺按倒在地,两只手朝着他的脖子卡来。

"我难受死了!阿蒂娜!"

布鲁诺痛苦地嘶叫着,但阿蒂娜根本不顾不理继续用力,还开始哈哈狂笑:

"布鲁诺,告诉你,我是美人鱼!我体内淌的是美人鱼的血!"

布鲁诺用两手拼命抓住阿蒂娜的手腕,使出吃奶的劲儿护着自己:

"我知道了。怪不得,你游得那么快,所有的人都赶不上。"

阿蒂娜点点头:

"布鲁诺,你知道美人鱼吃什么为生吗?"

"不知道。"

"吃人肉!"

接着,她张开大口,咬住了丈夫赤裸的肩膀,轻轻地咬下来。

"大西洋的美人鱼都是吃人肉生存的。"

阿蒂娜一面咬着丈夫一面说着。布鲁诺却笑道:

"要是被你吃掉,我心甘情愿。"

"美人鱼是没有灵魂的。没有灵魂,没有感情。可以毫不客气地吃掉遇难渔民的肉。可以把他们哄睡,拖下船,拽到海底吃掉他们！"

"真是天方夜谭。"

"我父亲就是被我吃掉的。被我！"

"你,真的吗？头一回听说。"

"害怕了吧,布鲁诺？我这种女人可怕吧？告诉你,美人鱼是魔鬼！"

"真是可怕。所以你才创造了世界纪录。"

"美人鱼是无情无义的,当心我吃了你。布鲁诺,这样的女人该怎么办,你知道吗？"

"那怎么办？"

"应该抓起来。魔鬼要碎尸万段！要找个地方关起来。"

"要是那样的话,你就再也不能游泳了。"

"快一点！把魔鬼抓起来。你不害怕吗？不然我吃了你！到时候你后悔都来不及。"阿蒂娜更加声嘶力竭地狂喊着。

"快点！你不害怕吗……"

她的身子像被施了魔法,开始痉挛,语无伦次了。接着,阿蒂娜大叫一声,狠狠地咬住了丈夫肩膀上的肉。

布鲁诺惨叫起来,鲜血飞溅到了他的脸上。阿蒂娜咬掉了他肩上的一块肉。

布鲁诺惨叫着本能地挥起拳头重重地朝着阿蒂娜的头部打去。阿蒂娜应声倒地,满脸是血,四肢抽搐。

布鲁诺也倒在了旁边,他用手捂住正在流血的伤口,挣扎着爬到墙角,向电话摸去。他抓起听筒,强忍着剧痛按下了紧急按钮:"要救护车。"接着他开始意识模糊,吃力地报上了这里的门牌号。

放下听筒,他才感觉到他的下肢由剧痛变为麻木,根本无法站立起来。他好容易才打开了门,连滚带爬到了走廊,挣扎着爬进了电梯。

他的视线开始模糊,不等电梯门全开,就一头扎了进去。他勉强按了一下一楼的按钮,接着,咬紧牙关蹲到了地上,他的鲜血一滴滴地滴到了装饰考究的电梯地板上,眼看着鲜血流成了一片。

他觉得,这座在里斯本数一数二的富丽堂皇宫殿般的公寓,如今简直成了通往地狱的大门。到了一楼,他从电梯里一下滚到了外面的地板上,这个大厅昔日经常是高朋满座,如今却已是人去楼空。

他跌跌撞撞,撞向了玄关的玻璃大门,他模模糊糊看见自己的鲜血飞溅到了玻璃上。他根本找不到门童的身影。他最后记得自己好容易挣扎到了门口停车的地方,昏了过去。

醒过来的时候,他已经躺在里斯本大学医院的外科病房里了。他模模糊糊断断续续地忆起,好容易挨到救护车到来后,他被抬上车,送到了这里。

医生来了,向他说明了伤情诊断:肌肉基本没有受损,部分皮肤和皮下软组织被咬伤。医生问:"是被狗咬伤的?"布鲁诺点了点头。事到如今,即使回答是被人咬伤的,也不会有人相信。

那天晚上,他原计划要跟阿蒂娜一起去出席一个招待会,如今这个样子,自己肯定是去不成了,估计阿蒂娜也够呛能去。

布鲁诺惦记着:阿蒂娜后来怎样了呢?他心里明白,事到如今,阿蒂娜已非常人了,单凭自己的力量是无论如何也无法控制好目前的局面的。阿蒂娜已经不是以前的那个她了,她完全变成了另一个人,自己今后也将无法和她一起生活了。

那天晚上的招待会,阿蒂娜最终还是一个人去出席了。但她看上去行为异常,像喝醉了酒一样,呈现出明显的吸毒状态。她无法正常行走,也无法正常说话。

她在会场中央,用双手支撑着吧台,身体颤动。她又失控了,高潮了,小便失禁了。旁边的人叫来了救护车和警察,她再次被送进了里斯本大学医院的神经科。

可是,阿蒂娜到了病房里又大打出手,她打断了护士的锁骨,最后被几名膀大腰圆的男护士,强行按住才固定到床上。她气急败坏又哭又叫,直到医生给她注射了神经镇静剂和安眠药才安静下来。

几天后,布鲁诺出院了,但阿蒂娜却没有获准出院。她因为严重的攻击行为,被院方采取了强制措施,把她关进了单间。经过一连几天的精神测试,她被强制穿上了纸尿裤,被施以胰岛素休克治疗和电击疗法,现在她看上去真的老实了。

在这期间,在里斯本大学医院神经科,里卡多·科斯塔教授牵头召开了会议,专题研究讨论阿蒂娜的治疗方案。对治疗这位国内外广受关注的名人,医生们慎之又慎,他们知道稍有闪失就会给自己带来很大的麻烦。

她的暴力性和反社会性,完全脱离了社会行为规范,置之不理的话,将会给社会带来更大的危害。而且,大家担心,她的这些胡作非为和放荡不羁的不道德行为,已经引起了社会的公愤,严重影响到全社会有良知的子女的健康成长。讨论的结论是,不能这样就让她出院自由活动。作为舆论关注的名人,事件本身已经给社会带来了恶劣的影响。

阿蒂娜的女儿亚美莉还是个婴儿,周围的人普遍关心孩子将来的成长。于是,布鲁诺搬出了与阿蒂娜共同生活过的那幢高级公寓,搬进了租金便宜的公寓里,开始重新设计自己的生活,包括以后对女儿的养育。他要自己带着孩子生活。

最初,他花重金雇了一位有育儿经验的女保姆来带孩子。这样过去了半年。这期间,阿蒂娜的不幸遭遇在整个葡萄牙传得沸沸扬扬尽人皆知,一时间,同情之声也纷至沓来。布鲁诺又是颇有些女人缘的那种男人,以致后来传出风闻,有好几个女人自告奋勇想成为他的女朋友。

其实,布鲁诺对阿蒂娜旧情难忘,他并没有跟其中的哪位追求者立刻确立关系。后来他感到手头日渐拮据,才开始为养育女儿着想,考虑找个能帮助自己带孩子的合适的人。阿蒂娜退出泳坛,已经是板上钉钉的事了。因为这些事,布鲁诺的教练生涯也已基本结束了,他没了经济来源,只能暂时依靠阿蒂娜账户里的钱继续维持生活。

关在单间病房里的阿蒂娜越发放荡不羁,长时间的幽闭使得她的行为更加怪异,更加暴虐,自残倾向日渐加重。因此,科斯塔教授和其他医生,整日里都在想办法采取行之有效的手段解决这个难题。

对阿蒂娜来说,她最大的不幸就是被强制送入了这所里斯本大学医院的精神科。这座医院的精神科是著名的埃加斯·莫尼斯教授担纲坐镇的,这个人,从今天的观点来看,可谓是臭名昭著,因为他是脑白质切除术的发明人!

埃加斯·莫尼斯这个人物,在第二次世界大战之前就是里斯本大学医院神经科的教授,此前他还历任过下议院议员,外交部高官,一九一〇年葡萄牙共和国创建之际,担任过政党党首,还干过大臣一职。在其他国家来讲,他的这番经历简直是不可思议,他在医学领域的卓越成就大多是在他六十岁退出政坛后的一九三〇年代取得的,这些更成了天方夜谭。

脑白质切除术,最初是一九三五年由两名美国学者提出的。报告说,通过切除黑猩猩的脑前额叶,可以使其情绪稳定下来。同年,莫尼斯和里斯本大学医院外科医生阿尔梅达·利马组成小组,勇敢地将这一方法用于了人的手术中。这次试验的成功,莫尼斯确立了脑白质切除术的基本手术模式,此后他多次对患有被视为疑难杂症的抑郁症和不安神经症的患者实施这种手术,奇迹般地改善了患者的病症。他就此发表了学术报告。

此后,这种手术输出到了美国,并得到了改良,取得了很大的发展。第二次世界大战期间,在美国,这种手术被广泛应用于精神分裂症(综合失调症)的治疗,并在全世界掀起了一阵热潮。当时对精神分裂症患者并没有特效药,因此脑白质切除术被认为是专门针对精神分裂症的持续有效的外科手术治疗法而广受欢迎。一九四九年,莫尼斯获得了诺贝尔生理学医学奖。

所谓脑白质切除术,在英语中,lobo 是"叶"的意思,tomy 是"切断""切除"的意思,lobotomy 为"前部前脑叶切截术"。莫尼斯构思的方案就是,切断前额叶及其边缘部和前额叶以外的皮质和与之相黏连的纤维组织。通过这种办法,抑制患者的危险攻击性和爆发冲动性,使之顺从社会,降低叛逆冲动。

手术一般是在黎明前实施,医生在患者头盖骨上的眼窝处,从眼眶里将一根冰镐样的金属器具插入到前额叶部位,用手探试着破坏或切除脑前额叶的白质部分。这种原始的手术方式非常野蛮,全程没有任何医学监测,全凭医生的经验和手感。当然,术后患者的表现也各种各样,根本无法获得稳定可靠的疗效。

后来,手术方式得到了改进,简单了许多,医生只在患者前侧头盖骨上钻一个小洞,插入一个像螺丝刀粗细的称为"脑叶切除器"的器具,然后轻轻地划个圆弧,即可切除脑前额叶。

但是,这种改进只是手术器具上的改进,手术过程仍然没有医学监测,还是全凭医生的经验和判断进行。这个时期,进行了大量的脑白质切除术，医生积累的经验也随之丰富起来，但是归根结底，还是要靠医生的救死扶伤态度减少手术失败的可能性。

进入二十世纪六〇年代，手术方式又进行了新的革命，一种被称为"开颅脑白质切除术"的手术方法成了主流。医生切开患者的头皮，打开头盖骨和脑硬膜，翻开大脑间裂部分，用肉眼直视，对胼胝体的前部施以外科手术。这样可以准确地切开，在直视的条件下，有选择地切除患者的那些用于控制攻击行为和爆发行为的脑内组织。

然而，随着时代的发展，人们对脑前额叶的机能研究和对脑白质切除术这种外科手术的认识也不断提高。接受手术后患者的表现表面上得到了抑制，但改善患者的社会自觉性，整体的生存欲望降低，适应社会能力，往往被社会所忽视。随着人权意识的增强，各种新药不断开发，人们对精神类疾病药物治疗的疗效也更加重视。到了六〇年代后期，脑白质切除术迅速被冷落。

但是，阿蒂娜被强制入院的地方，是脑白质切除术的发祥地——里斯本大学医院精神科。这个精神科非同小可，这里聚集的全是埃加斯·莫尼斯思想体系指导下的门徒学阀权威。加上，葡萄牙是传统的天主教国家，历来崇尚道德与虔诚。所以，阿蒂娜的一系列症状，被认为是放荡不羁追求淫靡，这对她来讲是极端不利的。以里卡多·科斯塔为中心的里斯本大学医院精神科的医生们，绝大多数认为，要是想让阿蒂娜这种罕见的病人回归社会，遵守社会安全秩序，就只有考虑采取开颅脑白质切除术。

可是,时值七〇年代,人们的人权意识日益增强,医生已经不能随便给患者实施这种手术,而必须得到患者父母的同意,患者本人的同意,患者配偶的同意。

阿蒂娜父母早已谢世,他们没有这方面的后顾之忧。让她本人签名也不难,到出院办理交接的时候就可以轻而易举地办到。问题是如何取得她丈夫布鲁诺的同意。

如果让她跟丈夫见面,凭着女人的直觉,她很有可能恳求丈夫不要签字,不要让她去接受这种足以使人变成白痴的手术。丈夫对她一往情深,可能会和她一样,拒绝签字。阿蒂娜住院的事,已经广受舆论关注,这样磨磨蹭蹭下去,很可能将这场关乎社会安全和国家威信的手术,演变成人权问题。那就更麻烦了,如果将她放归社会,很可能成为国际丑闻的火种。事关紧要,科斯塔教授一次又一次地造访布鲁诺,说服他同意对阿蒂娜实施开颅脑白质切除术。

她丈夫根本不了解有关这种手术的常识,但多少了解一些脑白质切除术的情况。他听说,有不少患者手术后成了白痴。

科斯塔教授则费尽口舌、使尽浑身解数大讲专业知识,力图说明那都是以讹传讹,是世俗的偏见:

脑叶切除器时代已经一去不复返了,现在进入开颅脑白质切除术时代了。接受这种手术的有著名科学家、知名作家、医生技师、大学教授,各种社会精英应有尽有,都是高智商的人。他们是为了摆脱无法自我改善的抑郁症状,从而使自己轻轻松松地回归和适应社会,专心从事自己喜欢的专业才接受手术的。现代医学的事实已经证明,这种手术在临床上是不可替代的、非常有效的医学利器。它使得过去传统疗法和医药疗法无法解决的难题得到了解决,使得那些危害社会不可救药的患者看到曙光并且得救。

的确,术后患者的性格多少会有一些变化,有的患者对周围环境的关心度和感受度有所减退,对自身行为的反思能力和对将来的预测能力也有所降低。但是,正如您亲眼目睹到的,阿蒂娜所表现出来的症状是极端的暴力和异于常人的性欲。这种情况放任下去,对社会的危害极大,尤其因为她是公众人物,其行为甚至会影响到国家的威望,这一切对她来讲都是不幸的。

但是,我们可以通过手术来使她最大限度地找回从前的幸福。鉴于公众对她的看法已经发生了改变,这一切努力都是为了挽回最大的利益,当然多少也必需作出一些牺牲。一九五二年官方曾经公开肯定了这种手术,为了患者本人的幸福,在没有其他手段可以替代的情况下可以施术。现在阿蒂娜的情况与之完全相符。

布鲁诺没有当场答应,他犹豫不决,并不是担心手术的危险性,而是他对阿蒂娜的爱使他一时难以决断,他们曾经卿卿我我,互诉衷肠,时而争吵,为了金牌共同努力拼搏,共同生活生下爱女……在布鲁诺的心目中,她是一个有血有肉的女人,感情激荡的女人,甚至令他心存敬意的女人,一个人格高尚的女人。

爱情,对阿蒂娜来说,是以人的尊严为前提的。自身反思能力的减退,对周围环境的漠不关心,意味着她将失去做人的意义。人是高级动物,依靠周围的环境而生存。因此,手术与否不是三言两语就能作决定的。

然而,科斯塔教授仍然不辞劳苦地来找布鲁诺,苦口婆心地说服他。作为教授,他想再次通过手术来展示这种即将被业内淘汰的脑白质切除术的有效性,更何况,患者又是世人瞩目的名人,一旦成功,便是一举两得的事。

一连几天,布鲁诺举棋不定。即使他对所有的论点都持反对意见,但就阿蒂娜的先天性性欲亢进这一权威诊断来讲,布鲁诺是无可争辩的。更何况,阿蒂娜曾经声称自己体内流淌着美人鱼的血,他没有理由不相信这种妄想的真实性。

要想彻底治疗这种毫无节制的性高潮导致的无耻症状,除了开颅脑白质切除术之外,已经别无他法,面对教授反反复复的劝说,布鲁诺也只好答应了。

作为丈夫,他清醒地意识到,照目前状况,他已经无法与妻子共同生活了,他受到的伤害已经超出常人所能接受的范围。但是,接受手术的话,阿蒂娜能否恢复原样,他心里也没有把握。

布鲁诺正在苦思冥想,突然间,他脑中闪过肩头被猛咬一口的惊恐瞬间,这一刻他彻底崩溃了。他终于在妻子的手术同意书上签了字。

5

我找了一家很普通的美式汉堡店吃了一顿午餐,沿街顺路又买了一束鲜花,很快就到达了圣何塞医院。到住院接待处提交了探视布鲁诺·亚莱的申请。

我心里暗自思忖,如果患者已经处于病危状态,那就白跑一趟了。我自报姓名:海因里希·冯·施坦因奥尔德。同时还补充了一句,我是他老友美国加州大学伯克利分校南希·弗娅教授的朋友。

接待人员用内线电话问了情况后告诉我:"病人现在正在睡觉,一小时以后醒过来的话,再征求一下他本人的意见,看是否允许探视,您想不想等?"

我一口答应:"我等!"

"那您就过三十分钟以后再来这里吧。如果您想在大门口附近散步的话,请不要走远,病人一有回信,我马上就通知您。"护士解释说。

走出了大厅,我打算在院内的草坪上散步三十分钟,然后再回这里,在接待室的附近、护士们一眼就能看到的范围内等待。当我走到草坪的尽头时,眼前出现一道古老的栅栏,这显然是界墙,旁边是一条长椅。

我背对草坪,向栅栏外眺望起来。眼前是一个向下的陡坡,一片片红瓦屋顶,中间夹杂着坡路。前方下面是阿尔法玛区,因为这一带是旧城区，几乎没有高楼大厦，所以一眼就能望见远处的大西洋。

大航海时代，这个国家的航海家们就是从这里出发，驶向了全世界。葡萄牙在亚洲和南美洲建立了多个殖民地，并带去了本国的文化，开化了那些地方。我曾在米兰的图书馆里读到过远赴亚洲的传教士写的书，书中内容妙趣横生。大航海时代发现新天地，就像男人追逐女人的规则一样，哪个男人先牵到了女人的手，这个女人就属于那个男人了，后来者就不再追求她了。这已经成了大家默认的规则，谁不遵守这个规则便会遭到人们的冷遇。

最初登陆日本的是葡萄牙人，其后才是荷兰人和西班牙人，后两者按照规则都没有抢先下手。后来葡萄牙国内爆发宗教骚乱无暇以顾，荷兰人乘虚而入独占了日本。

到了近代，日本后来居上，发展惊人。今天的东京到处高楼林立，而时过境迁，里斯本和阿姆斯特丹却仍然质朴落后停滞不前。但对我个人来说，我更喜欢这种古色古香的古老韵味，可以说来得正好。

术后的阿蒂娜曾经在这里望洋兴叹，不知作何感想，其丈夫多年后也步其后尘。想到这里，我望着远处亘古不变的大西洋，不禁感慨万千。

阿蒂娜本能地预感到接受脑白质切除术的危险性，她直截了当地向负责她的医生们宣布拒绝手术，也托人传话，让她的丈夫也不要同意。但是，这种意愿当然不可能传到布鲁诺那里。

他们骗阿蒂娜说是给她做肝脏检查,给她实施了全身麻醉,然后由里卡多·科斯塔教授主刀,强行给她做了开颅脑白质切除术。阿蒂娜的悲剧从此拉开了序幕。

术后四个月的恢复期结束了,院方同意了阿蒂娜出院的请求。作为许可出院的交换条件,她被要求在手术同意书上签了名。术后的她变得百依百顺,她老老实实地签上了自己的名字。

阿蒂娜坐着轮椅回到了位于卡利亚斯山上的一栋公寓,这是布鲁诺最近为她新租下的。她根本不能行走,皮肤也失去了往日的光泽,表情呆滞,看上去和从前的她判若两人。她丈夫撩起了她额头上的头发,清晰地看见了不大的手术疤痕。

虽然与丈夫久别重逢,但阿蒂娜的心似乎毫无所动,面无笑容,也没有打招呼。整个人木然呆滞,沉默无语。

看见自己的爱女亚美莉,阿蒂娜也没有表现出丝毫关心,她不给女儿喂奶,也不知道给孩子换尿布。

布鲁诺问她:"记得我吗?"她慢慢吃力地小声回答:"记得。"同时点点头。布鲁诺一下子如释重负。作为丈夫,这一刻他才真正体会到语言是多么重要。人类依靠有声无形的语言,才得以生存繁衍。

问起亚美莉,她也点头说:"记得。"然而,这些人跟自己是什么关系,她似乎茫然不知,甚至毫无兴趣。丈夫和女儿,在她的脑子里如同遥远的蓝天白云一样,与己无关。

一切安排停当以后,阿蒂娜被问及自己今后的打算。布鲁诺取出了她在慕尼黑奥运会上取得的金牌给她看。对布鲁诺来说，这可以说是人生中至关重要的宝物。

但是，阿蒂娜对此却依然显得毫无兴趣。他问她："这是什么？"她停顿了很长时间："是奥运会的金牌。"回答正确！他又问及慕尼黑、参赛项目、参加奥运会的印象等等，她都能慢慢地回忆起来，而且基本正确。谈及两人的艰苦训练的那些事，轰动一时的美人鱼游泳法，以及入水后的超长潜游技巧，两人的努力与艰辛等，她有问必答，都能记起，证明当年夫妇的共同记忆依然留在阿蒂娜的脑子里。

然而，阿蒂娜不能单独进食。当布鲁诺用汤匙给她喂饭时，入口而不能咀嚼，更不会吞咽，勉强劝她咽下一口，接着就会吐出来，搞得她嘴的周围一塌糊涂。他扒开她的嘴一看究竟，但见她的牙龈肿得老高，张口闭口都困难。这也是她看上去相貌有些改变的原因之一。

她无法单独行走，也不想练习，勉强拖着她走两步，她就会咣当一声倒地不起。她的腿已经不听使唤了，她也根本没有自己行走的意识。

她不能单独解手，必需有别人帮助才能完成，而且常常弄得厕所满地污秽。

难道这就是那个当年在世界泳坛上叱咤风云的游泳健将？看到这一切，布鲁诺不禁黯然落泪。

又过了两周，情况渐渐好转，阿蒂娜总算能走上几步了，牙龈红肿也有些消退,可以吃点儿东西了。陷入绝望的布鲁诺总算松了口气。

两人可以推着婴儿车里的亚美莉,在卡利亚斯山上散步了。他们隐居的地方鲜有人知,为了远离世人和媒体的骚扰,他们散步的时间也总是选在太阳落山的黄昏时分。

他们到达半山公园的时候,也恰恰是大西洋上夕阳西沉的时刻。这是在欧洲大陆可以看到的最后的夕阳,眼前是一片金光灿灿的大海,间或也能望见星星点点的渔火,那是渔船群掌起的灯。

可是,望着这一切,阿蒂娜全无赏景之心,她只是呆呆地站在那里。以前,每当她看到这种夕阳西下的美好光景,总是惊呼赞美,欢呼雀跃。眼前阿蒂娜简直成了一个木偶。布鲁诺牵着她的手,找了个长椅,让她坐下,她就默不作声地坐下,完全没有自己的意志。

"施坦因奥尔德先生。"

忽然有人呼唤我,我转身一看,原来护士小姐不知什么时候已经悄悄走近我的身边,站在草坪上。

"亚莱先生刚才醒过来,又睡过去了。他处于一种昏睡状态,下次几点醒来还不知道……"

她说完看看我。我静静地等着。

"即使他醒来,能不能说话,还很难说,您还继续等吗?"

"继续等。"

我点点头,回答得很肯定,然后道了个谢。护士微笑着转身进了大门。

看来布鲁诺的病情不容乐观,弄不好就是这三两天之内的事了。听说他得的是肺癌,他今年还不到六十二岁。

我这次来里斯本并没有其他的事情,只有下决心等了,即使浪费些时间,也在所不惜。

我又陷入了回想之中。阿蒂娜不能正常给亚美莉喂母乳,她也就停止了哺乳。她好像忘记了这是自己所生的女儿。问她的时候,她回答说知道是自己的女儿,但是当把女儿抱到她跟前的时候,她却毫无反应,根本没有任何亲昵的本能。

她几乎不开口说话,就一整天一整天地坐在沙发上或轮椅上。让她刷牙,她就顺从地张开口,让她入浴洗澡,她就一直洗个不停,就连剪头发都是这样。

看电视,她就一整天一动不动地看着,也不管是喜剧还是悲剧,对电视的内容没有半点兴趣。

读书,她就只翻一页,呆呆地盯着看,也不知她是不是在读,直到书落到了地上。她根本就没有读进去。

布鲁诺试着给她看战争内容的照片:那些战争中血肉横飞痛苦不堪的照片,有的孩子被炸没了下半身,内脏迸出,涂满草丛。

这都是些令人触目惊心的照片。阿蒂娜呆呆地看过后,她说知道这是些惨不忍睹的照片,但并不反感。

日复一日,她的腿开始萎缩了。阿蒂娜已经离不开轮椅了。由于缺乏运动,她已经很肥胖了,加上腿部的肌肉萎缩,她已经无法支撑自己的体重。人一旦不走路,很快就会忘记如何行走。动物的运动本能完全是由自己的行动意愿来控制和维持的。

当问起阿蒂娜的姓名时,她能回答出来。布鲁诺指着自己问她"我是谁"的时候,她也能回答正确。但是,布鲁诺清楚地意识到,眼下她根本没有保持这些意识的意志,这些唤起的记忆就如同她的运动能力一样,早晚会丧失殆尽。

他们就这样共同生活了一年,布鲁诺渐渐感到,他妻子已经不是阿蒂娜了,她简直就像是另外一个陌生人冒名顶替假扮的一样。跟她说笑话也感觉跟故意绕圈子似的,她脸上毫无反应,好像没听明白或者笑话根本没有笑点。这要是在从前,她早就闪动着又黑又亮的眸子,笑声朗朗地跟上两句诙谐的笑语。现在无论怎么逗她,都无济于事,她彻底没了反应。

阿蒂娜作为女人昔日的魅力也渐渐丧失了。眼看着,她的头发干枯了,就像杂乱的枯草,中间还参差夹杂着缕缕白发。她才二十几岁,相貌已变得令人吃惊。由于长期面无表情,她面部的表情肌已经松弛,整个脸的肌肉也开始松弛了。由于发胖,她的下颚处堆满了脂肪,使人越来越强烈地感觉她的模样明显改变了。

脱衣服洗澡时,她的裸体更加令人愕然。从前阿蒂娜总是因身无半点赘肉而喜欢自傲地展示自己的形体。如今是人未老而珠已黄,肌肉黄涩,粗糙无光,犹如失去了水分的水果,看上去她比实际年龄要老二十岁。人一旦失去了生的意欲,脂肪就会迅速堆积。

由于整天要照顾阿蒂娜,布鲁诺没了工作,家中没了经济来源,渐渐捉襟见肘。正苦恼间,有朋友告诉他,体育大学需要一名兼职讲师,他就欣然答应了。他把阿蒂娜和亚美莉托付给了重金雇来的保姆,自己出去工作。尽管卡利亚什的住所离体育大学很远,他也无意往市里搬家。

半年后的一天,布鲁诺上班不在家的时候,阿蒂娜摔了一跤。当时保姆正在照料亚美莉,一时没留意,阿蒂娜从轮椅上摔了下来,抽搐起来。保姆首先要照顾婴儿,不可能做到形影不离地看护阿蒂娜。她听到阿蒂娜倒地的响声,回头一看,但见阿蒂娜满脸红紫,浑身抽搐,慌忙叫来救护车,把她送到了附近的医院,同时通知了布鲁诺。

布鲁诺赶到卡利亚什的医院时,医生告诉他,他们怀疑阿蒂娜患了癫痫。布鲁诺简直不敢相信自己的耳朵,以前的阿蒂娜从来没有这个毛病,去她从小长大的养育院打听,也没打听到过类似的事。

作为奥运选手级别的运动员,身体状况是最重要的,它关乎选手的运动生涯,教练必须逐一掌握选手的真实状况。布鲁诺对此心知肚明,阿蒂娜原先压根儿就没有半点癫痫的征兆。这次出现了癫痫症状,首先应该怀疑是由开颅手术引发的。

此后,阿蒂娜频频发作,卡利亚什的医院将其确诊为顽固型癫痫。与此同时,阿蒂娜开始出现严重的头痛并伴有呕吐,频频失禁,但头痛的原因不明。

布鲁诺为此大伤脑筋,工作地点离家太远的难题已经迫在眉睫。他没有兄弟姐妹,父母又住在遥远的乡下。无奈之下,他在里斯本市内的波尔多大街找了个公寓搬了进去。工作地点离家近,有事立刻可以赶回来。这就是我刚刚访问过的那座公寓,对阿蒂娜来说,那是她最后的家了。

幸运的是,他们搬到里斯本市里以后,并没有引起媒体的关注,好像是里斯本大学的科斯塔教授,通过政界关系跟相关部门打过招呼的缘故。里斯本大学的权威有着相当大的影响力。

搬到波尔多大街的公寓后,阿蒂娜在保姆的监护下,终日坐在轮椅上,一个人呆呆地望着远处的大西洋打发日子。就这样,十年如一日。布鲁诺觉得,她对一切都不感兴趣,唯独能够每日眺望大西洋,或许是对水、对游泳,仍心存怀念。假如让她重新回到水里,也许能够唤回她生存的意欲吧。

布鲁诺把阿蒂娜带到了他工作的体育大学游泳池,他选的是周日,学生们不上课,游泳池里只有他们两个人。他给她换好了泳装,让她静静地进到游泳池中。

然而,阿蒂娜在池中形同走路,无论怎样都游不起来。而且,她看上去有些怕水。等她适应了一会儿,布鲁诺托起她的腹部,让她开始慢慢游动,她就照样做着。让她配合手脚动作,她就吃力地爬泳起来。

放开手后,阿蒂娜依然照样游动着缓缓前行。看到这里,布鲁诺松了一口气。尽管没有以往的速度,游泳她还是记得的。她还有希望,她还可以找回生活的乐趣,她还可以让世人惊叹欢呼,她还可以像美人鱼一样重现昔日的风采。

这时候,布鲁诺听到池边有人喊他的名字,是主任教授在喊他。看到阿蒂娜自在地游着平安无事后,他才离开妻子登了岸。教授是来找他续签书面合同的。布鲁诺甩甩双臂上的水,在合同上签了字。教授拿着合同走了。布鲁诺回头一看,水面上没有了阿蒂娜的身影。他定睛一看,阿蒂娜已经沉入了池底。

他一头扎入池中,极速游去,潜入水底,把妻子架出了水面。此时的阿蒂娜已经灌了一肚子水,看上去奄奄一息。他赶紧喊回还没有走远的教授,让教授叫救护车,自己则拼命地做起了人工呼吸……

我手持花束,从椅子上站起来,双目依然凝望着大西洋,慢慢地在草坪上踱着步,眼下的红瓦屋顶也在慢慢地移动着,但远处的大西洋依旧浩然如常。

真是让人吓出一身冷汗,阿蒂娜捡回了一条命。她已经完全忘记了如何游泳。当年杰出的游泳健将、被赞誉为"美人鱼在世"的阿蒂娜,如今在游泳池里险些淹死。看到这一切,这位曾经与她朝夕相处共同拼搏、陪着她登上世界泳坛、看着她勇夺金牌的丈夫兼教练,心中作何感想,人们不得而知。

其后又发生了多次类似的事情。总之,阿蒂娜活下来了,但是她只能过着终日在阳台上坐着轮椅眺望大西洋的生活了。亚美莉也只能被送进养育院了。既要照顾不能自理的母亲，又要照顾吃奶的婴儿，任何一位保姆都很难做到二者兼顾。同时雇佣两位保姆，又没那个经济能力。布鲁诺参与照顾，就必须辞职，就会断了收入。权衡利弊，布鲁诺也只有把亚美莉送进养育院了。

布鲁诺很顽强，他的坚忍令人敬佩，要是换了我，恐怕早地就挺不住了。阿蒂娜终日一言不发，坐在轮椅上，慢慢老去。她吃饭时，嘴边总是搞得一塌糊涂。同时她还被剧烈的头痛折磨得痛不欲生，每天两次呕吐。她的大小便也根本无法自理，试过几次让她自理均告失败，搞得厕所里一片污秽。

她偶尔想开口说话，那就是要骂人了。她骂得最多的，当然就是那位科斯塔教授。阿蒂娜咬牙切齿反复念叨，要与他同归于尽。

布鲁诺默默地陪着这样一位病人共同度过二十年，这的确令我由衷地敬佩。我在想，这一切与其说是缘于他对阿蒂娜的深爱，不如说是一种敬畏。布鲁诺也曾经是游泳选手，虽然成绩没有特别出众，但比一般选手游得快。

然而，阿蒂娜的游泳速度远远超过他。当时，没有人能超过阿蒂娜，她轻而易举地登上了世界之巅，一时间，她在世界体坛简直可以说是家喻户晓。作为拼尽全力而自认望尘莫及的人，心中往往对获胜者由尊敬衍生成敬畏。奥运会的领奖台对布鲁诺本人来讲，永远是虚无缥缈的梦，可阿蒂娜却能如此轻而易举地登上它。

二十年来,布鲁诺的艰辛和忍耐,始终支撑他的是那种敬畏心,外人是无法理解的。作为教练而言,他完全将自己置之度外,为自己敬畏的人无私地奉献服务。这一切虽苦犹荣,只有他自己才能真正体会到吧。

女儿亚美莉像她母亲一样,在养育院里长大。高中毕业后,布鲁诺把她接了回来。一家三口开始在波尔多大街那幢公寓里生活,布鲁诺细心地向女儿介绍了照顾母亲的种种方法。

女儿也挺出息,考入了国立福祉大学,为了更好地照顾好母亲,她专门选修了护理学。正在一切出现转机本该如释重负的时候,她父亲出状况了。布鲁诺因身体崩溃而倒下了,长年的劳顿导致疾病缠身。其间,他的父母也相继离世。他把照顾阿蒂娜的护理任务都委托给了女儿,自己找了一处很小的公寓,搬了出去。人的忍耐是有限的,他想一个人单独静一静。

布鲁诺或许是因为身心疲惫,打定主意不想再回到妻子的身边了。但当他听女儿说,阿蒂娜每次听到那首《偷洒一滴泪》就会被感动得落泪后,他也开始每周回去探望一次,替换女儿,让她也借机休息一下。女儿心存感激,父女关系也相当融洽。

布鲁诺很留意保持与女儿的和睦关系,常常一起进餐,或一家三口外出郊游。进入手机时代,父女俩立刻买了手机,一旦母亲有异常,女儿就会立即给爸爸打电话。爸爸也会火速赶来处理。

但他从不在波尔多大街的住所留宿,一处理完,他必定会乘上二十八路电车,返回十分钟车程外的那所小房子。

这期间，布鲁诺已经不再从事和体育有关的工作了。他从前就对修缮皮面旧书颇感兴趣，又从一位叫乌格的匠人老友那里得到了真传，就开始干了起来。后来，两人合伙开了一间仅有两米宽的"乌格-布鲁诺旧书修缮店"，小本生意惨淡经营，勉强糊口，也算过得去。

接回亚美莉之前，布鲁诺有个相好的情人，后来分手了，他独自一人过日子。由于身体不佳，连小店的活儿也不能全都打理了。

这种状态持续到二十一世纪开头，布鲁诺已经五十岁了。世人自不待言，就连里斯本的市民也早把当年那位叱咤风云的杰出游泳健将阿蒂娜·希尔娅忘得一干二净了。

女儿亚美莉一直独身，眼看也接近三十岁了。她一天到晚忙于照顾残障的母亲，根本没时间出去约会。

年过半百的布鲁诺，身体每况愈下。他心里明白，肺癌细胞正迅速繁殖转移，吞噬着他。只要剧痛还没有袭来，这一切他全不介意。然而，正在此时，又一波打击正悄悄向他袭来。

6

此刻，科斯塔教授正在悄悄地打探阿蒂娜·希尔娅的术后情况。他让丈夫带着妻子前来里斯本大学就诊，看到病人没来，他又派了年轻的医生到亚莱家询问情况。

他们大概是想确认病人术后的情况，然后在学术界发表论文。但是现在事与愿违,结果不如人意,教授是不会发表开颅手术的结论的,但有关阿蒂娜性欲亢进的症状已经在多篇论文中发表过。

有的美国学者读完论文提出了异议和反论。这就是加州大学伯克利分校的南希·弗娅教授。她提出了强烈的异议,她否认阿蒂娜的症状源自性欲亢进症。异议的根源在于,美国是个提倡自由的国家,而葡萄牙则是崇尚性道德的传统国家,两种道德观念发生了强烈的冲突。

弗娅教授内心感到羞耻,因为她本人也患有此症。烦恼过一阵子之后,教授毅然决定二〇〇〇年的暑假,到西班牙和葡萄牙去。她飞来了里斯本,到波尔多大街访问了阿蒂娜。

她得知了阿蒂娜的悲惨现状,通过和亚美莉谈话了解了这件事的来龙去脉,并询问了布鲁诺的工作地点,然后乘上二十八路电车,找到了那家"乌格-布鲁诺旧书修缮店"。布鲁诺刚好在店里,教授亮明了身份,便在店里角落的第一个小桌旁坐下,攀谈起来。

以下是弗娅教授讲述的当时谈话的情况。当时的布鲁诺给人的印象是,满头白发,形容消瘦,沉默寡言。听说这位不请自到的弗娅教授是专程从美国来的血流控制内科学的教授,布鲁诺感到一头雾水,茫然不知所措。

弗娅教授开始介绍起来,这种不为人知且非常特殊的病症,在世界上其实并不少见。她把自己难以启齿的患病感受告诉了布鲁诺。过去,她对性兴奋和性刺激完全没有感觉,一次偶然获得了快感,则一发而不可收,经常体验到一天上百次的性高潮。

这种病症,一般患者都是秘而不宣。因为患者是女性,这种病症往往难以启齿,又不愿跟医生讲,因此,越搞越糟,一旦被外人所知,可能带来更加严重的误解和非议。

听到这里,布鲁诺开始隐隐地预感到教授的突然造访预示着某种不祥之兆。他一下子变得脸色灰白,这让教授感到愧疚和不安。以下这些是弗娅教授告诉我的。

在性观念相对开放的美国,近年来的报告表明,被这种病症所困扰的女性,其实在世界上为数不少。这种病的病症逐渐为人所知,但原因方面,却出现了好几种假设和病例。

"这是种什么病?"布鲁诺发问道。

弗娅教授点点头,说明道:"这种病,英文全称是 Persistent Sexual Arousal Syndrome,简称 PSAS(持续性性唤起症候群)。目前在医学界并不怎么为人所知,仅局限于研究,在道德意识根深蒂固的国家里往往不被认真对待,更不可能被世俗所认可。"

"这究竟是一种什么病?病因又是什么呢?"布鲁诺继续刨根问底。

"这种病最初的病例报告是由英国圣玛丽医院大卫·高梅医生提出的。世界上广为人知的性功能障碍,常常指性冷淡,而与之相反的是,在完全没有性刺激因素的环境里,性快感来临并长时间或频繁持续。

"拿我本人来说,有时做了一半家务突然快感来临,甚至有时正走着路也会一下子来临,令人又尴尬又苦恼。享受高潮本来是人生活中的一部分,我却练就了掩饰快感的一套办法,因为有时我一天能来上百次高潮。

"乍听起来,这是一件多么令人开心的事,却给一些从事特殊职业的女性,带来了莫大的精神痛苦。有时一项聚精会神的工作会被突然打断,有时正跟别人认真地谈着话,身体突然震颤起来,令对方也感到疑惑,这对患者来说,无疑是一种严重的精神痛苦,自尊心会受到严重伤害。患者即使是居家的主妇,日常做家务也会受到影响。快感在毫无心理准备的情况下来临,对女性来说,无疑是一种极大的屈辱和折磨。

"再比如,患者开车或乘电车时,身体受到外力震动,情况会更糟糕,患者简直可以说是痛不欲生。因为驾车时发病极其危险,所以患者坚决不能驾车。另外,一旦发作丑态百出,周围的人会叫来警察或医生,就更麻烦了。患者声名狼藉,就不可能在原来的社区居住了,会被社会所唾弃。以我为例,有段时间,我连外出都心存恐惧。

"可这一切跟谁讲呢?人们会误认为那种事何乐不为,结果也只能忍气吞声。得不到别人的理解,又难于启齿,不好意思看大夫,只能把自己的性高潮全部掩藏起来,顶多和丈夫交流一下,这就是世俗的陈规,换言之,这才是所谓的妇道或修养。

"像我这样,现在可以平心静气和别人谈这个话题,是因为我已经结婚生子,上了年纪了。可如果搞错了谈话对象或场合不对,往往会被误认为是荡妇或是卖淫女。世俗的观念根深蒂固,简直是顽固不化。"

布鲁诺听着听着,觉得感同身受。他感觉到一股强烈的冲击,自己的人生、妻子的人生,天旋地转崩塌下来,把他卷入了无奈和无助的深渊。

"这种病与性兴奋导致的生殖器充血以及性冲动毫无关系。它会突如其来,给患者带来强烈的持续的性快感。它与性行为过剩,对性的好奇心超强,生活淫荡,被男人过分开发等等之类的理论也没有关系,与道德败坏更是无关,纯粹是一种生理现象。对这种病,如果用道德标准或者时下的世俗观念来衡量的话,得出的结论可就大错特错了。"

布鲁诺听得面色苍白目瞪口呆。

"这种病的发病原因说法不一。有的报告说是曲唑酮的副作用引起的并发症,停药后症状就会消失。也有的研究人员说,女性长期性欲缺乏易引发此症。也有报告说,长期服用SSRI类抗抑郁药的患者,一旦停药易发此症。

"发病原因众说纷纭,治疗方法也无从谈起了。这有待于今后的科学研究,而且是一个颇具研究价值的课题。

"但是也有简单明了的病因,例如我,就是骨盆血管异常,导致阴蒂周边分布的血管异常发达。最后,我是外科手术治愈的。"

布鲁诺听罢深受打击,同时他也在试图为自己辩解。弗娅教授的这番解说他完全理解，但对科斯塔教授给阿蒂娜所作的处置，如果追究他做丈夫的责任的话，也是他自己决定在手术同意书上签字的。造成今天这种无法挽回的局面，他难辞其咎。他的这种心态也是常人可以理解的。

布鲁诺又谈起阿蒂娜常常表现出的暴力行为。他提出了疑问，这种病无法解释那种暴力行为。问得倒也有道理，弗娅教授点头称是。她接着说：

"我在高中时期喜欢读《解剖学百科》，最让我爱不释手的书是《现代临床精神医学》和《神经精神医学》。做姑娘的时代，我没有读过流行的恋爱小说，更别说那些黄色小册子了，我压根儿就没读过一本。上大学时，难耐的快感袭来的时候，我曾经挥掌击断过拖把杆儿，也曾经飞脚踢坏过吸尘器。

"这种病带来的快感是强烈的，也是令人难以忍受的，它能够使人停止思考无法行动，更有甚者，快感一周不退，只能躺在床上，不能行动半步，连自己的身体也无法控制，有时小便失禁，有时痛哭呻吟。

"最初未谙性事，难以宣泄，也不知如何才能填平欲壑，无处发泄，有时欲火一下子就转变成了强烈的怒火，为什么自己会如此欲火焚身难以忍受，得不出答案就更加义愤填膺。"

"这么说，阿蒂娜的症状也是这个原因？"布鲁诺迫不及待地问道。

"阿蒂娜是奥运会金牌选手吧？她当然有着不亚于男人的体

力。"弗娅教授接着说,"就连我这个从幼儿园时代就不爱运动,参加运动的时间总是能省就省的弱女子,也能一掌击断一根拖把杆儿,足见袭来的快感之强烈,根本无法自控。一旦发作,患者就像这种疾病的奴隶一样,任其宰割,甚至根本不知道自己干了什么。"

"你也咬掉过恋人肩上的肉吗?"布鲁诺问。

"强烈的性高潮瞬间,人是没有意识的。"教授答道。但是布鲁诺看上去似乎没听懂。

"到医院去咨询的时候,你知道我鼓起了多大的勇气吗?一向文静的女子,诉说自己难以启齿的性隐私的时候,一旦为人所知,周围人就会避之不及,将其看成一个花痴色情狂。对其厌恶的程度如同中世纪魔鬼判决的对象,众人同仇敌忾,将之处以火刑。

"这种病如果用道德标准来衡量则更是天大的罪过。在崇尚道德的国家里,施以开颅的脑白质切除术是最合法的火刑,是最理想的审判结果。"

见过弗娅教授后,布鲁诺受到的打击简直无法形容。当初被里斯本大学神经科的那帮权威们给骗了,他一想起来就懊恼不已,造成现在这种无可挽回的状况,他实在难辞其咎。

一味虔诚地盲从于道德而导致的这种愚昧的大错,不仅使百年一遇的天才运动健将终生坐在了轮椅上,而且,她对丈夫布鲁诺的一片挚爱也被践踏了。

阿蒂娜的疯狂发情,并不是被周围那些对她垂涎三尺的男人们所挑逗的。她只对布鲁诺求爱不止。发病后,她不能自控的精神状态,实际上和当初他们相识时是一样的,是天真无邪的。但她以往的那种令人可敬可爱的人格,现在却已经荡然无存了。

阿蒂娜只是患有PSAS病,根本不是精神异常,也不是色情狂,更不需要做那个该死的开颅脑白质切除术。

这么说来,自己犯下了天大的不可饶恕的罪过,葬送了葡萄牙的骄子,而且手段之残忍天理难容。

但是,事到如今,无论怎么批判谴责也已是徒劳。在手术同意书上签字之前,院方也不是没有解释。只不过,自己听信了科斯塔教授说手术后症状会得到改善云云。可他根本没有说,术后会出现癫痫,伴有剧烈头痛。他更没有说,病人将讲话困难,牙龈红肿,无法行走,伴有呕吐、排泄困难等等症状。如果早被告知术后可能出现这些副作用,那他无论如何也不会在那张该死的同意书上签字。

其实,令布鲁诺痛苦不堪的岂止这些。实际上,内心深处时刻折磨他的是自己肩头被咬伤的隐痛,以及那种被恐怖彻底摧毁的畏惧感。当时,他与其说是为救阿蒂娜而头脑冷静,不如说是被她的暴力所慑服,或者说惊恐至极产生了愤怒。时过境迁,这件事却一直在折磨他。

布鲁诺想,这一切都是爱情的因果报应,自己也认了。下一步该如何是好呢?今后该如何生活下去呢?怎样做才能偿还阿蒂娜的爱呢？然而，接下来，最后的事件发生了。

7

六月十二日，是里斯本港一年一度的节日圣安东尼奥节的前夜。这一天，波尔多大街所属的拜沙区，街巷里人头攒动，人们摩肩接踵，一直闹腾到深夜。第二天十三日才是真正的节日，但前夜的街道上已是人山人海，嘈杂异常。

这个节日源于当地渔民们为祈求渔业丰收而举行的祈福仪式。这一夜，里斯本的打鱼人把自己捕获的沙丁鱼用盐烤制，供大家品尝。所以，这个节日也称作沙丁鱼节或里斯本节。节日的前夜，主要的繁华大街上摆满了摊位，家家都烧起木炭，把沙丁鱼抹上橄榄油和柠檬汁，边烤边卖。

女人们则叫卖着可爱的香草小盆景。盆景是用纸做的，里面夹着写有爱情诗句的小纸片。女人们向路人兜售："您喜欢哪首诗？"

市民们品尝着盐烤沙丁鱼，就着番茄和彩椒做成的沙拉，喝着葡萄酒，通宵达旦不亦乐乎。这一夜人们无所顾忌尽情狂欢。

不过对年轻人来讲，节日更具新意。他们把这一天当成了表达爱情的情人节，还特地把这个前夜称为"恋人节"。这一夜，里斯本的恋人们互赠礼物，单身者则边往画有圣安东尼奥头像的箱子里投硬币，边向这位爱的守护神祈祷，期待早日找到自己的另一半。尚未表白的年轻人，无论男女，都可以毫无顾忌地向心上人表达自己的爱意。圣安东尼奥会制造出爱的奇迹。

十三日结婚的恋人们会得到里斯本议会的赞助，从报名者中抽取十六组，入选者的婚礼场地费和服装费，甚至新婚旅行的费用均由议会承担。

节日越办越大，如今游客不仅来自周围的城市，有的来自西班牙，甚至更遥远的异国他乡。这个城市从前夜开始就沉浸在一片节日的气氛中。

大街的拱门上装上了五颜六色的彩灯，又挂满了无数的彩色气球，姑娘们穿着盛装穿行其间。

自由大街挂起了各种彩带，姑娘们组成的盛大游行队伍绵延不断，载歌载舞，这里成了不夜城。

里卡多·科斯塔如今已经升为里斯本大学的名誉教授，里斯本大学也成了葡萄牙最具实力的精神医学重镇。就在二〇〇一年六月的这个夜晚，圣安东尼奥节前夜的电视节目里，科斯塔就脑白质切除术的有效性做了一个特别节目。

进入二十一世纪以来，世界精神医学界的趋势倾向于否定以脑白质切除术为代表的外科处置方法。科斯塔教授在葡萄牙尚属老权威，但在国际上已经成了过气的人，他和该手术的发明人埃加斯·莫尼斯一起，连同他们倡导的精神外科治疗体系，都遭到了人权组织的强烈批评。这次，色厉内荏的科斯塔教授依然气宇轩昂地为自己雄辩。

他大讲了一通对危重精神病患者实施外科手术的必要性和有效性,就像当年他对布鲁诺的说辞一样,千篇一律。他继续宣讲他的那套陈词滥调:这种手术治疗方法,能使七成患者的症状得到改善,使他们以乐观的性格回归正常社会,重新过上安定的生活。这其中包括那些急于治愈的抑郁症重症患者和那些一般焦虑症患者,以及那些有严重暴力行为危害社会的患者等等。他们其中不乏教育家、科学家,以及各类专家学者。

这时,主持人提出了问题:"请教授解答:当今世界上,有人认为精神外科时代已经过去,也有很多国家对精神外科予以否定。您怎么看?"

教授言辞犀利地反驳:"这是一种偏见,是那些无视现状的人的偏见。他们把精神病院看成收容所予以否定,把那些具有暴力倾向的人放出来任其胡作非为,严重危害了正常社会人们生活的权利。"

"这些手术七成成功了,那也就意味着有三成失败了,是吗?"主持人继续发问。

这时,教授的情绪显然有些激动,他强烈地反驳:"不是!我是说,七成患者术后性格明显改善,变得积极乐观,另外的三成患者性格变得过度沉稳,他们不善言谈,但内心里独自享受着改善后的欢愉。他们只是缺乏语言表达的积极性而已。"

"而且,他们中的三分之一,也就是全部施术患者中的一成,对这种手术治疗方式颇有微词,这个我们也知道。换句话说,那是扭曲了的私怨的产物,实际上患者的状况已经得到很大的改善,他们体会到了轻松快乐。手术前他们是同意的,而且他们都签了字。手术后,他们的症状明显好转,却谎称没有效果,演起了哑剧。"

这档节目是预先录制的,阿蒂娜和女儿亚美莉可能也看到了。就在当天晚上的十点十五分,阿蒂娜用自己私藏的手枪击中了自己的心脏,自杀了。

阳台之下的波尔多大街上人声鼎沸,时而传来几声年轻人的尖声怪叫,时而传来二十八路电车隆隆的噪音,电车跟在人群后慢慢地爬行。喧嚣不断充斥着房间。

亚美莉到一个路口外拐弯的格拉萨路上,为母亲和自己买了两人份的盐烤沙丁鱼。一路上她使劲儿在人群中挤着,好容易才回到家。她感到有些筋疲力尽,准备到家先歇一会儿,这时她发现了已经死去的母亲。她慌忙扔掉手中装满沙丁鱼的纸盘,惊呼着一头扑到母亲的遗体上号啕大哭。回过神儿来,她赶紧打电话报了警。

由于满街是人,警车根本派不上用场,骑自行车也无济于事,警察们只能乘着二十八路电车赶赴现场。阿蒂娜住的地方离车站有段距离,警察只好向电车司机出示了证件,要求把电车停在事发地点的楼下,他们一路跑着上了楼。勘查的警员来得稍迟一些,他们也是用同样办法赶来的。警察们的脸上都多少带有些红酒的醉意。

当年在葡萄牙泳坛昙花一现的天才游泳健将,就这么坐在轮椅上,静静地离开了人世。阿蒂娜·希尔娅的荣光已经化为遥远的记忆,赶来的警察当中,没有人了解她的全盛时期,没有人看过慕尼黑奥运会的现场直播,甚至没有人知道阿蒂娜的名字。

阿蒂娜击中自己的那把手枪掉落在轮椅旁边的地板上。她的膝盖上留着一张遗书,上面用铅笔草草写道:"请解剖我的脑袋研究。"难怪她开枪是击中心脏而不是击中头部。

阿蒂娜自杀的现场疑点重重。从枪口的焦痕看,阿蒂娜的手枪应该打过两枪。但阿蒂娜是一枪毙命直穿心脏,而且弹头穿过了轮椅的椅背嵌入其身后的墙里。据此可以断定,阿蒂娜坐在轮椅上自己击中心脏是毫无疑问的。然而问题是,警察搜遍了阿蒂娜的住所,也没有找到第二颗子弹的弹头。

在阿蒂娜的手指上,她衣服的心脏部位,射入的小弹孔周围,有明显的硝烟痕迹。在枪柄上也检出了阿蒂娜的指纹,证明她的自杀是毫无疑问的。屋外的噪声不断传来影响调查,警察带上白手套小心翼翼地关上了阳台的大窗。窗外传来的噪音,完全可以掩盖屋里的枪声。

阿蒂娜曾经是个名人,为了排除他杀的可能,必须尽快对其遗体进行解剖。但是,今天晚上是圣安东尼奥节的前夜,"尽快"只能是一句空话。运送遗体的车已经准备好了,但是眼下满街是人,遍地醉汉,车至少要到天亮才能到达这里。如果把车全速开过来的话,不知要撞倒多少醉汉,那可就酿成大祸了。

这时候,刑警主任的手机响了起来。电话里报告说,在距这里两公里外的安柏尼大街五十七号的一幢高级公寓里发现了一具被枪杀的尸体,另一组人马正在赶赴现场。

节日的夜晚,人们无拘无束放浪形骸,也常常乐极生悲,酒醉者变成了加害者。里约热内卢的狂欢节每年都有人因狂欢酿祸而死,已经司空见惯了。里斯本的节日虽然不及里约,但每年也或多或少发生一些意外事件。

安柏尼大街那边的办案人员又传来了消息,死者的遗体倒在二楼自家门前,是被外来者枪击身亡的。一问死者姓名,着实让警察们吃惊不小——里斯本大学名誉教授里卡多·科斯塔!

令警察们吃惊的是,刚刚还在电视里看到过他的特别节目。而且巧的是,那里的死者竟然是给眼前的自杀者阿蒂娜·希尔娅做过脑白质切除术的那位名医。还有,此前坊间就谣传,手术后几乎成了废人的阿蒂娜常常扬言要与科斯塔教授同归于尽。

科斯塔教授是被近距离枪击心脏而当场毙命的。当时他身穿睡衣,外面还披着白色的丝绸睡袍。

他身后的墙壁上,嵌着带血的弹头,看样子他是站着被击中的。睡袍上心脏部位的弹孔四周可以看到一圈清晰的焦煳痕迹,这显然是抵近射击造成的。

老教授的妻子是资本家的女儿,几年前病故了,此后教授一个人生活。金钱名誉应有尽有的他没有理由自杀,而且现场的一切也证明是他杀。

节日的夜晚,十点多钟。就寝前,他听到门铃响就出来开门,被来者一枪毙命。

然而,凶手留在现场的只有一颗弹头,警方没找到凶器。凶器肯定是被凶手带离了现场。现场也充斥着节日的噪音。公寓的尽头是个探出去的罗马式阳台,下面是来来往往的二十八路电车。电车一经过,一片轰鸣声。还能听到远处传来的嘈杂的音乐,以及路人发出的尖叫声。这样,凶手开枪根本不用担心枪声会被周围的人听到。科斯塔教授家的房间既多又大,周围的邻居肯定不会听到这里的枪声。

运送科斯塔教授的遗体也成了难题,看来得忙一个通宵了。

一个鉴定人员从墙上只抠出一颗弹头,然后带着弹头,乘上二十八路电车,回警署去了。与此同时,击中阿蒂娜的那颗弹头,也被用同样的办法带回了警署。

于是,这天晚上发生的最令人匪夷所思的事很快传遍了警局。击中阿蒂娜的弹头和击中科斯塔教授的弹头,口径和材质完全相同,经过显微镜放大鉴定,证明弹头上的膛线完全一致。也就是说,击中科斯塔教授的那颗子弹和击中阿蒂娜的那颗子弹,是从同一支枪里射出来的。

更令人称奇的是,由于发现得早,阿蒂娜和科斯塔教授两人的遗体尚有体温,据此,可以比较准确地推定出两人的死亡时间。可推定出的时间竟然是"同时"!这主要是根据体温的下降做出的判断,当然推算不可能精确到分秒,但通过一系列现场的证据,不可否认地得出了"同时死亡"的结论。

搜查人员皱起了眉头,他们感觉到,这两起案件有着某种必然的联系,但从眼前的证据看,简直可以说是一种无法解释的超自然现象。只能解释为:临死之前,阿蒂娜·希尔娅的手枪里射出了两颗子弹,一颗直穿她的心脏,另一颗则穿越空间,射入了远在两公里外的科斯塔教授的心脏。在一年一度的节日前夜的深更,在一片喧嚣和酒醉之中,搜查人员只能认定这是圣安东尼奥制造的奇迹。

静下心来,搜查人员开始回到现实中研判此案,这可能是第三者制造的谜案。按照常理推断,如果是因为阿蒂娜而报复杀死科斯塔教授的话,那首先怀疑的应该是他的女儿亚美莉和她的丈夫布鲁诺。

最初推断的"同时死亡",已经不具现场验尸的意义了。这种根据尸体体温下降来推断死亡时间的方法也未必就分秒不差,何况仅仅是十分钟至二十分钟的时间差。也就是说,两者死亡时间差上十至二十分钟,到哪里都说得过去。只要能够证明凶手在此时间内从一个案发地移动至另一个案发地,就可以轻而易举地使这个谜案不攻自破。

问题是,两个现场的距离大约有两公里,又是在节日的夜晚,马路上人山人海水泄不通,步行往返至少也要花上两个钟头。就是单从"推定同时死亡"这一点来说,可以假设为单程,那也至少需要一个钟头。这也无法成立。

跑着去——假设可以的话——也要一个钟头。加之路上拥堵行走困难,步行都走不快。就是马马虎虎敷衍了事地推断,"同时"也是无法成立的。

节日里街上根本没有出租车,更别说私家车了。也不可能有人骑自行车,因为人行走都困难,谁还会骑那玩意儿。骑自行车也不可能,更何况这对父女俩压根儿就没有自行车。

那么,乘二十八路电车往返呢?似乎只有这个推断可以成立。二十八路电车的确从两个案发地点经过,但两家的门口都不是车站,而且两家距离最近的车站也都挺远,步行的话,分别也都要走上将近十分钟。在这节日的狂欢夜里,即使一路上拨开人群,奋力奔跑,也比不上平时走路快。再说,这样的杀人计划岂不是荒唐到此地无银三百两?

等电车需要时间,节日夜晚的电车往往姗姗来迟,根本不可能准点。女儿和父亲看到阿蒂娜自杀,一时报复心起,随机作案。那至少要在母亲身旁寻思一下如何采取行动,至少要考虑一个简单的行动方案吧。

女儿回家,看到母亲自杀,顿起干掉科斯塔教授的杀意,她戴上手套,拾起手枪,离开家直奔车站。她乘上电车,在案发现场附近的车站下了车,步行来到教授的公寓前,上了楼按下门铃。教授应声出来开门,她当即将其一枪毙命。然后,她沿着原路下楼,走到车站,乘上电车,下了车,一路走回自己家,登楼入室,将手枪放归原处,然后,打电话报警……

事后,办案人员做了实验,这一连串的行动完成,用了将近一个小时。单程至少也要将近三十分钟,那天是节日之夜,满街人山人海,根本无法正常行走,电车也不可能按时到达,女儿的这一路杀人之行稍有犹豫,又会增加时间。这是在绝对顺畅的条件下的假设,最短单程需要三十分钟。就是这三十分钟的时间差,也足以彻底推翻验尸推断出的那个"同时死亡"的结论。

而且,二十八路电车的每位司机都认识亚美莉和布鲁诺,也知道他俩在这里照顾奥运会名将的事。整个里斯本的电车都是无人售票车,买票或刷卡的时候,乘客都要跟司机打照面。当晚出车的所有司机都没有见到过亚美莉和布鲁诺。

这个假设根本不能成立。那只有做其他的推论。也就是说,因为此前阿蒂娜曾经多次扬言要与科斯塔教授同归于尽,在这个节日的夜晚,她终于如愿以偿地借助超自然的能力成功实现了自己的愿望。

8

自从来到里斯本,我的脑子里就一直在反复思考着这个谜案。从阿尔法玛区到拜沙区,沿途全是山路,一路登山一路思考。尽管我绞尽脑汁,最终还是一无所获,眼前的这座历史悠久的港城神秘莫测,里面肯定蕴藏着永远无法揭开的谜底。

我先到了波尔多大街阿蒂娜住过的公寓,然后又信步来到圣何塞医院。看样子想解开这个谜是徒劳无望了,我也只能两手空空地打道回府了。但是,我还不死心,总想凭自己的能力查个水落石出。

我抱着一束鲜花进了医院的大门。我估摸着,这会儿该回到前厅等着了。果然,快到前厅大玻璃门的时候,门却突然打开了。一位白衣姑娘走了出来。

"哦,施坦因奥尔德先生!"她大声叫着我,"亚莱先生想见您。"

"噢,是吗?"我喜出望外,真是不枉此行啊!我赶紧快步进入。

"往这边走。"她往右拐进了另一个大厅,然后加快脚步走向里面的电梯。我疾步紧跟其后。大厅里的长椅上,坐满了等待叫名字的人,人数比刚才多了不少,其中老年人居多,他们都很安静。

到了电梯间门前,护士按了按钮,然后转身低声对我说:"只是,他可能不会开口说话,哪怕一句话。"

护士个子不高,小巧玲珑,抬头望着我。她皮肤略黑,长着一头乌黑的秀发。我听了大吃一惊。

"我是不是来得不是时候呀?这种时候……"我脱口问道。

这时电梯门开了。

"看来,他也就是这一两天的事儿了。"

怎么会这样?我唏嘘不已。如此说来,这已是他的弥留之际了。于是,我郑重其事地走了进去。

人之将死,他想见到的人肯定不会是我,应该是他最重要的人。我既不是他的友人,过去也没有帮助过他,素昧平生。

"他父母都已经不在了吧?"

护士点了点头。

"他的朋友呢?"

这次,护士摇摇头。

"我的情况,您跟他介绍过吗?"

"介绍过了。"

她答应着,点了点头。

我的身份是加州大学伯克利分校南希·弗娅教授的朋友。令我没有想到的是,这个身份对他来讲竟是如此重要。

弗娅教授这个人,并未给他带来好运——应该是刺激他铸成大错的人。如果没有他俩的见面,也许就不会有后来科斯塔教授被杀的惨剧了。

"亚莱先生同意跟我见面吗?"

护士点点头。

尽管如此,我的心里还是七上八下的。我搞不懂,他是随便谁都可以见,还是刻意想见我。

"他为什么同意见我?"

她压低声音,嘟哝着说:

"有个警察来找他。一个人……"

我下意识地觉得,这句话好像就是她对我的回答。

思考片刻,我得出了结论,原来如此呀。警察当然不会只是来看望他这个病人的。警察发现了蛛丝马迹,怀疑杀害里科斯塔教授的凶手就是布鲁诺。警察来病榻前是想询问口供,想了解布鲁诺是如何做到这一切的。他是基于工作目的来的吧。

如果布鲁诺因警察来找他而担心的话,那么南希·弗娅的朋友造访无疑是件好事。或者说,有客人在场,警察发问时也多少会有所顾虑。

到了四楼,电梯开了门,走廊上没有一点动静。护士一路小碎步,在前方左拐。

"很对不起,请不要大声说话。要保持安静。"护士向我叮嘱。

"我知道了。"我紧跟着回答道。

护士走到右首的一个门前轻轻敲了敲门。里面并没有声音,门一下子打开了。

一个手握门把手的男人开了门。那人蓄着浓黑的胡子,身体结实,个子并不高,看上去十有八九是个练过柔道的,一眼就可以肯定这是个警察。

"这位就是从美国来的海因里希先生。"

还没进屋,护士就开口介绍。接着她又小声向我介绍了对方:

"这位是里斯本警察局的费尔南德·梅拉先生。"

我们在门口握手致意。梅拉扬了扬下巴,然后侧身,示意我进去。我顺势进了屋。原来已经走进屋里的护士也趁机跟我换了个位置,退出了屋子。

病床上躺着一个骨瘦如柴的男人。床旁边竖着一根挂着点滴瓶子的不锈钢注射架,一根注射管顺着注射架一直垂下,针头扎进了病人的右手腕。

他身盖白毛毯,仰卧在床,领口和袖口依然可以看见里面穿的蓝色睡衣。除了脸,他全身唯一露在外面的是他的右手腕,而且可以看出他的皮肤异于常人。

他皮肤灰白呈石膏色,一看就是病入膏肓行将就木的人。他睁着双眼,目光呆滞,脸上刮腮无肉,显出了清晰的头骨形状,直勾勾的眼睛瞪得异常大。他一动不动,那头部,那表情,简直让人感觉眼前躺着的是一具木雕,他早已魂不附体。

护士走近他的床边,面无表情地对布鲁诺说道:

"亚莱先生,这是海因里希先生,你认识吗?"

接着,她用手指了指身后的我。但是,布鲁诺没有反应。

这时,站在一旁的我不知如何是好,既不能开口打招呼,又不能上去握手,只能默默地点着头。

布鲁诺一句话也没有说,脸上也没有半点反应,既没有点头示意,也没有寒暄招呼。他只是瞪着一双深陷的眼睛,一动不动地盯着我。

我甚至怀疑,眼前的他,是否真的是当年的那位游泳教练,他以前相当健壮,可眼前的他,已经是骨瘦如柴面目全非,只剩下一把骨头了,完全没有半点他昔日的影子。他跟弗娅教授口中描述的布鲁诺简直是判若两人。灰色的头发黯淡无光稀稀落落,从头发间隙现出点点粉色的头皮,苍白无光的脸上布满了褐色的老年斑,虽然他才六十岁,看上去已经老态龙钟了。

时间在莫名其妙地流逝着,通常的会面不会是这样的。我们俩人该谁先开口寒暄呢?旁边在场的人总该有人说话吧。

结果,布鲁诺、我、护士、警察,谁都没有开口。唯一的一个举动,就是布鲁诺的嘴角微微地向上动了动,算是微笑了一下。这让我感到很欣慰。

他面无表情,直勾勾地瞪着我,一动不动,他根本没有去看在场的其他两个人,真是令人百思不解。他这是要表达什么感情呢?我有些不知所措。

他那苍白如枯枝般的左手,好像微微地动了动。我呆呆地站在一旁静静地看着,不知道他想干什么。突然,他的左手一下竖起来,像一座小小的白塔一样,一动不动。我不解其意,只得呆呆地站在原地。

看着看着,我一下子恍然大悟。他是在示意我握他的手吧。

我稍稍靠近他的床,问道:

"我可以握握你的手吗,亚莱先生?"

但是,他依然没有言语,表情也没有半点变化。我也不知道自己的判断是否正确,只得抬头看看站在旁边的护士。

"亚莱先生,你能握手吗?"护士也是这样问他的。

尽管如此,布鲁诺依旧毫无反应,头也没有活动,表情也没有变化。

过了一会儿,护士朝我轻轻点了点头,表示可以。

我急忙把手里的花束,放在旁边的小桌子上,回到床边,怯生生地握住了布鲁诺的手。

我握着他的手,犹如握着一根小小的竹枝,感觉不到体温和血流,他根本没有握力。我握到的只是一个软软的物体而已。

这时,我注意到在他的枕头边有一个吸氧器模样的东西,是个透明的塑料罩,大概是需要的时候罩在口鼻上的。在它的上方,是一台显示着波线的液晶显示屏,现在正在工作着,显示着他的心跳。

"我是海因里希。我是为了见你,专程从美国飞过来的。你的事情,弗娅教授都告诉我了。"我特意压低声音,小声告诉他。

布鲁诺微微笑着,依旧直直地盯着我的眼睛。

握了好久,我慢慢地松开了他的手。布鲁诺始终一言不发。我判断,他已经无法说话了。他的身体远远比我想象的糟糕。

"亚莱先生,你有什么话要说吗?"这时候,站在一旁的警察梅拉插嘴说道。

他的声音太粗,震得满屋山响,一派警察的严肃,说话硬邦邦的,对一个弥留之际的病人也不知道温和一点。

布鲁诺当然听不到也不会去想这句粗粗的问话。病房里依然是死一般的寂静。然而,尽管如此,他的这种一动不动的表情,从某种意义上说,就值得关注。他的视线离开了我,开始望着空中。他的双眼瞪得大大的,而且很少眨动,面色愈发苍白,看上去简直就是一座神偶。

梅拉似乎有些绝望,他把身子侧向一边。正在这时,戏剧般的事情发生了。

布鲁诺的身体忽然剧烈地起伏颤抖起来,就像被神拦腰抱住,使劲儿摇抖不止。剧烈的抖动超出了在场所有人的想象,连病床都跟着嘎嘎作响。我在一旁,惊得目瞪口呆,汗毛都竖起来了。

护士急忙上前,把呼吸器的塑料罩扣到了布鲁诺的口鼻处,他慢慢地闭上了眼。我这才终于看到了他那闭上眼睛的脸。

接下来,护士按了一下了吸氧器背面的一个应急按钮。她完全没有顾及站在一旁的我们,按完按钮之后,腾出手来迅速撤下了盖在布鲁诺胸部的毛毯。

这时,门开了,一个穿着白大褂的医生飞身赶来,抱起病人,挽起病人的袖子。另一个医生赶来,揭开病人的睡衣。接着又进来两名护士参加抢救。

医生护士们一通忙乱,呼哧呼哧的呼吸声,吱吱嘎嘎的床铺响,医生的指挥声,一时间,病房里一片骚乱。

"啊!"一个护士尖叫。

接着是一阵剧烈的咳嗽声。"咳!咳!咳!"一阵刺耳的噪音。

一名医生正在注射,一名护士正在给他擦汗。我从他们俩背后的缝隙中,看见了布鲁诺苍白的脸。他的鼻子和口中溢出了团团黑血。接着,传来一声闷闷的憋气声,只见他的胸部高高地鼓起,全身呈反弓状。

"脉搏!"

这次是医生的声音。大家全都抬头望着液晶显示屏上的曲线。医生继续给他做着胸部按摩。波形线总算勉勉强强连续搏动起来。

脚下的不锈钢桶盖,一开一闭,发出金属的碰撞声。这是护士在往桶里扔沾满血污的废纱布发出的声音。接着,我也闻到了一股血腥味。

紧急抢救持续了三十分钟,参加抢救的六名医护人员终于直起身来,看来抢救是告一段落了。

"病人脱离危险了,但是情况很不好,还是结束探视为好。"一个年轻的高个子医生转过身来,对我和梅拉说道。

警察听了医生这番话后面无表情,也没言语,好像例行公事一样,默默地站在原地。我则忧心忡忡,慢慢地点着头。

说实话,我看到布鲁诺现在的样子,心里五味杂陈。我真的不愿看到他弥留之际的痛苦惨状。因为我曾经经历过与自己母亲的诀别,那场景至今都记忆犹新。

我下决心离开这里,这样持续下去,他不开口说话,我也徒劳无获。再说,我来这里也不是为了写什么轰动性的报道,根本就没有兴趣写诸如《里斯本的阿蒂娜·希尔娅事件》之类的东西。但就在我转身准备离开的时候,戏剧性的一幕发生了。

"不……"

病床那边传出了微弱而沙哑的叫声。这叫声既不是出自医生,也不是出自警察。

"临死之前……我有话要说。"

我这才听出是布鲁诺的声音。

我转向床边,把目光投向布鲁诺。他的脸现在有了一点儿生气,就像附了魂儿一样。他发出的声音也有了些底气。他的脸上现出了些许的灵性之光,那显然是一种激动的表情。

警察走到了他的床前,站到了医生的旁边,开口问道:

"你想说什么?"

我站在病床的另一侧,和警察站的那一侧正相反。从护士们的背影间隙,我看到了布鲁诺的侧脸。他已经安定了下来,仰面躺着,两眼依然望着空中。

他的背部好像垫上了靠垫,把他的上身垫高了许多,看样子是为了抬高他的口鼻部位。

眼下,他已经有了些生气,但肌肤依然没有血色,脸颊白里透灰。

"我叫的,不是你。"

他沙哑的声音断断续续。

"我说的是这个人。"

于是,我慌忙凑到床边。

"你叫我吗?"我上前问道。

布鲁诺两眼望着天花板,微微地说了声"是的"。

"床下面,有个篮子……"他竭尽全力对我说。

"你是说,床下面的篮子？要拿出来吗？"我怕搞错,再次问道。

"是的。"布鲁诺基本上只动了动嘴唇。

我赶紧蹲下身搜寻床底。

果然如他所说,床底下确实有个用藤条编的小篮子。我伸出手指勾住篮子边儿,将篮子拽了出来。我往外拽篮子的时候,感觉涩涩的,有些出乎意料。

我把篮子端到眼前一看,篮子里装了一只橘子。我用左手抓着篮柄,右手的手掌托着篮底,感觉右手有些涩涩的,触到的不是藤条。

我把篮子举过头顶,这才看到,原来篮底贴了一块皮革。怪不得刚才从床底拖篮子的时候,感觉有些发涩,原来是这么回事。这样的篮子我还是头一回见到。

"篮底贴了皮革。是我修缮旧书用的皮革。"布鲁诺用沙哑的声音告诉我。

那声音我勉强能听清楚。

我把装着一个橘子的篮子,从护士间的缝隙里递了进去,放在病床上。我在想,真搞不懂布鲁诺要这个篮子干什么。接下来布鲁诺说的话更出乎我的意料。

"送给你了。"

这着实让我吃惊。

"送给我?"

"是的。拿走吧。拿回去,有机会把它给那个美国的教授看一看。"

"你是说给弗娅教授?"

"是的。你就说这是我的遗物。"

我听罢不禁哑然。把这个篮子带给弗娅教授?我不知其中有何含义。

"把这个给她?"

"是的。"

"这……好吗?"我心存疑惑,继续问道。

"是的。给她一看,她就明白了。"

我寻思,也许这是他弥留之际的精神错乱。弗娅教授以前可从来没有跟我提过什么藤条篮子和橘子,这跟她的专业研究课题也毫不相干。我觉得即使给她看这种东西,教授肯定也会疑惑不解。可眼下也只有点头称是,于是我伸手从床上拿起了篮子。

呼吸困难的布鲁诺稍稍沉默了一会儿,又开口说起了令人莫名其妙的话:

"我现在是不中用了,快不行了。所以把那个……"

说完,布鲁诺慢慢闭上了眼睛,他像是如释重负,不想再说什么了。病房里再次陷入了寂静,只能听到布鲁诺的肺里发出的呼哧呼哧的痛苦的喘息声。

"你想说的就这些吗？亚莱先生,还想说什么吗？"

警察生硬的问话声,在病房里回荡。

又是一阵沉默,布鲁诺像是打定了主意,又开始喘息着,时断时续地开口说道:

"还有,那个,脑白质切除术……那魂已经死了。那是世上最坑人的把戏。人类再也不能上他的当。在同意书上签字,不能让任何人去做……"

尽管他的声音听起来平淡,但是里面带着一种愤怒。

沉默。听了他的这番话,我回想起刚才还奄奄一息的布鲁诺突然表现出的像是神魂附体般的那一瞬间。这二十年里,他爱着一个失去灵魂的人,并同她一起生活。可是,他那个一生钟爱的妻子,却到临死也没有再灵魂附体。

"就这些了吗？"警察又接着问道。

沉默片刻后,布鲁诺又开口了。

"见到女教授的那天,是我一生中最糟糕的一天。和她分别之后,我万分悔恨,大哭了一场。这是我一生中最唯一的一次。我犯下了无法挽回的大错。让她做了本不该做的那个该死的手术……"

布鲁诺的眼里射出了愤怒的目光。

"我自己都不能饶恕自己。我犯下了不可饶恕的大错,所以……"

接着又是一阵沉默。布鲁诺喘息着,吐露着自己的心声。

"那一天,我的灵魂死了。再也无法起死回生,彻底死了。"

听得出,他的声音里含着深深的愤怒。我被他震撼了。

"科斯塔死的时候……我女儿这样跟我说。对我这个活在悔恨中的人来说……这是圣安东尼奥的奇迹。她哭着对我说,圣安东尼奥为母亲创造了奇迹。"

病房里的沉默在继续。

"所以,那是……圣安东尼奥做出的……奇迹。"

他面色苍白,直直地瞪着空中,一动不动。

"长期以来,为那些应该下地狱的人们……"

又是一阵剧烈的喘息声。

"为了母亲而舍弃自己幸福的女儿。"

我不知不觉也跟着屏住了呼吸。

"是你开的枪吗?"一旁的警察又跟着厉声追问。

这是警察的职业习惯,听上去感觉有些不近人情。

这时,布鲁诺没有血色的脸上,浮现出了微笑。接着他嗫嚅地说:

"我怎么开枪呢?"

警察也无言以对。一阵沉默之后,布鲁诺又开始说起了别人难懂的胡话。

"单线……"

"你说什么?"

警察急不可待穷追不舍。

"安柏尼大街五十七……波尔多大街二〇〇六……"

"安柏尼大街和波尔多大街……"我小声复述着回味着。

这分别是科斯塔和阿蒂娜住的街名。我想他这不可能是在胡言乱语。

这时,布鲁诺侧过脸来朝着我,举起左手指着墙角。

我有些纳闷,朝着他手指的方向望去。墙角竖着一根窗帘棒,是用来拉窗帘用的。病房的天花板很高。

"窗帘棒……"

布鲁诺只说了这一句,又回头望着空中,接着说:

"我对不起亚美莉……她什么也没有做……"

"你就最后说了吧。亚莱先生。这样你就可以放心地进天堂了。到底是不是你开的枪?"又是警察梅拉在发问。

这回布鲁诺慢慢地把脸朝向他,用尽吃奶的力气,使劲儿大声说了一句:

"圣安东尼奥的,奇迹!"

接下来又是一阵残喘,布鲁诺的胸部剧烈起伏着,全身勾了起来,使劲儿上下抖动着,鲜血从他的口鼻中喷涌而出。他剧烈地咳嗽不停,这次出的血很多,根本止不住。

医生们一起上前,开始了紧张而忙乱的抢救。护士不断擦着涌出的血,把吸氧器罩到了他的口鼻上。医生们则交替着做起了心脏按压。但是……

晚了,心脏监护仪上的波线已经变成了一条直线。

布鲁诺就这样离开了人世。

9

到了一楼的大厅里,我向梅拉警官打听起了案情。简单说,一切都是从他见到弗娅教授之后开始的。梅拉会讲英语,这下交谈起来轻松了许多。

他掏出了记事本问我,布鲁诺临终时说的那番话,还有窗帘棒,以及那只我拎在手上的篮子,到底意味着什么。对于这些问题,其实我也是一头雾水摸不着头脑。我这样回答他,想必他也会身同感受的。

警察准备离开了。他回头对我说:"我是开车来的。要不我把你送回酒店吧。"

我道了谢,顺口说:"我想再去科斯塔教授的住处,看看他遇害的地方。"

其实我并没想请梅拉给我当向导,这不是人家分内的活儿。我也只是委婉地顺口说一说而已,没想到,梅拉爽快地说:"我陪你去吧。"

梅拉开的是一辆法国产的标致汽车。车停在大路上,离这里很远。我们只好徒步去科斯塔教授的公寓。

说实在的,我是想单独去那里的。因为我总感觉,刚才布鲁诺对我讲的一番话似乎话中有话。他想对我和弗娅教授说些什么，但是又顾忌警察在场，不想让警察听到，只好欲言又止，才断断续续蹦出了"窗帘棒""单线"几个毫无关联的单词。果真如此的话，我更应独善其事。

"瞧，那就是。"我顺着梅拉手指的方向望去，但见一座威风凛凛的六层灰色石头建筑伫立在十字路口的拐角。我走近一看，正前面探出来两层高的阳台。阳台四周围着一圈石头雕成的栏杆，看上去似乎随时都可能有政客走出来发表演讲。

阳台上方的墙壁上，十分考究的雕刻装饰布满了整个临街的两面。这一切代表着权力和尊贵，与科斯塔教授的身份地位相得益彰。

左侧那条没有阳台的马路稍微宽阔一点，有阳台的那一面靠的是一条胡同，胡同里有电车轨道，应该是二十八路电车。胡同狭窄，根本没有停车的余地，路上稍宽一点的地方早被各种私家车占满了。

"这一带住的都是达官贵人，所以路上停的都是奔驰或者宾利这类高级车。"梅拉边走边解释。

"这是二十八路电车吧？"我一边跨过路上的轨道，一边问道。

"是的。"梅拉点头答应。

"这里的轨道只能通过一辆车呀。"

听到这里，梅拉警官停下脚步，抬起左手指了指说：

"从那里开始就是复线了。"

我顺着他的手指望去,的确如此。接着他又转身指着右侧的胡同说道:

"从那里开始也是复线,只有这一小段是单线,电车开到这里,如果对面有车开来,就必须有一方提前停下来等着对方驶过去,然后自己才能通过。"

在这里开电车也真不容易呀,我点着头,心里不禁生出一股对电车司机的同情。就在这一瞬间,我一下子对布鲁诺所说的"单线"恍然大悟。他说的"单线",不就是这个吗?到科斯塔教授家最短的区间,只有二十八路电车的单线。

公寓的正大门朝着较宽一面的马路。我们推开青铜框架的玻璃大门进入大厅,大厅里的地面用经过打磨的大理石,拼成了五颜六色但又错落有致的几何图形,可以看得出是经过精心设计的,我感觉自己像走进了古罗马的议会元老院。大厅四周还真摆放着好几座披着长袍的人物雕像。

大厅往里右拐,是一段经过精心打磨的实木楼梯。楼梯是旋转的,从头到尾都配有精雕细刻的栏杆扶手,看上去非常考究,使人联想起泰坦尼克号游轮中央大厅里的旋转楼梯,有品味而不奢华。我们顺着楼梯中央铺着的地毯拾级而上,登上了二楼。

"这就是科斯塔教授的家。"梅拉警官说着,走到离楼梯口最近的一扇厚重的橡木门前,从兜里掏出钥匙,插进了锁孔。

"室内的陈设基本上保持和案发当时一样。因为房子根本卖不出去。"

推开房门一看,里面房间很宽大,墙角摆放着一张小桌,墙上挂着青铜镜框镶嵌着的手绘油画。

但是,镜框的旁边留着一个溅着黑色血痕的弹孔,弹头已经早被警察挖走了。弹孔不小,大概是当初为了挖出弹头,扩大了许多。

"这里杀过人,再说又是高级公寓,一般老百姓是买不起的。"

警官边说边往里走,我紧跟其后。

地板上覆盖着一层薄薄的白色尘埃,当初警察所画的教授被杀时倒地的轮廓依稀可见。教授当时流在地板上的血迹,如今已经变成了黑紫色。

我站着凝视着这一切,脑海里反复在想,当年那风靡一时的脑白质切除术的始作俑者,就是在这里画上了句号,精神外科时代在五年之前终止了,它的发祥地就是里斯本。

梅拉如果往里走,地面上白白的尘封上就会落下清晰的脚印。尽管现场勘查早已结束多年,根本没有提心吊胆的必要,但出于警察的职业习惯,他还是小心翼翼地。我也不敢轻举妄动,如果警察将来再来重新勘察的话,说不定这脚印可能成为卷入冤案的证据。

"要进里面看看吗?"梅拉问我。

我摇了摇头。我已经没那个兴趣了。

我手里提着那个篮子,就是从布鲁诺那里拿来的那个藤编的小篮子,里面还盛着那个橘子。篮子是随处可见的便宜货,是普通百姓常用的。这种不值钱的玩意儿,和教授家富丽堂皇的家具形成鲜明对比。入口处小房间里的那座高高的红木小台桌和上面的中国瓷瓶上已经落满了五年岁月的尘埃,厚厚的玻璃门对面是只露出一半的白色皮沙发。

我不由地把手中的篮子举到鼻尖处仔细看了看,怎么看怎么觉得风马牛不相及。科斯塔教授被害现场的陈设都是价值连城的高档货,这和失去了灵魂的阿蒂娜的悲剧会有什么关联呢?我真是百思不解,无从下手。

梅拉回到楼道里,我也紧随其后。关上大门,梅拉一板一眼地锁好了门。这个脑白质切除术终结的现场究竟要保存到何时,这完全要看造物主的意志了。

我一心想去走廊尽头那个探出去的阳台看看。于是,就趁着警官锁门的时候先走了过去。过了片刻,警官也不声不响地跟了过来。

我推开玻璃门走上阳台的一瞬间,街上的噪音扑面而来,使我的耳朵有些不习惯。呼呼的风声响彻耳畔,再加上街上的噪音,音量之大远远超出我的想象。

我走近阳台边的罗马式栏杆一看,一辆二十八路电车正在从眼前驶过,导线弓近在咫尺,感觉几乎是紧贴着鼻尖,擦"尖"而过,黑色车顶沾满油污,吱吱嘎嘎走了过去。

原来噪音的最大源头在这里。送电线几乎是与我齐眉高。眼前的景象,跟位于波尔多大街上的阿蒂娜家的阳台几乎完全一样。在里斯本,与此类似的景象随处可见。

"这电车真烦人啊。"

警官站在我身后说:

"里斯本的电车都是紧贴着临街楼房跑的。要是没有这种噪音,这该是多好的公寓呀……尽管出了杀人案,还是很好卖的。怎么样,看够了吗?我得回去忙工作了。"

"哦,可以了。"

我连忙说道,离开了手扶的栏杆。

接着,我们开门回到楼道里,下楼梯出大门来到街上。

"接下来,你要去哪里?"警官问我。

我随口答道:

"我要回渡轮码头去。我的手提箱还寄存在那里的投币保管箱里。提出来之后,再在码头附近找一家宾馆,今晚住一晚,明天回瑞典。"

"你还要去瑞典?"

警官似乎有些出乎意料。他大概把我当成美国人了。

"是的。我这次是从美国回来的。不过,我下个月还要再回美国的。到时候我要把这个篮子带给弗娅教授。"

"我觉得没什么意思。"警官说道。

我也跟着点了点头。说实话,我心里也是这么想的。

"码头与我返程的方向正好相反。"梅拉说道。

"知道了。我这就散着步下山。谢谢你把我送到这里。非常感谢!"我道了谢。

"找到什么,就告诉我。"梅拉叮嘱道。他从怀里掏出一张名片递给我。

"我明白。"我会意地点点头。

"咱俩一起走到停车的地方吧。"我提议说。

随后,我们肩并肩走着,看到沿途右侧的一家店铺门前挂着"乌格-布鲁诺古书修缮店"的招牌。店面和招牌都很小,但是挺扎眼。然而,如今小店已经关门歇业了。

"瞧,那就是布鲁诺开的店。"我正在仔细端详着,警官介绍说。

"噢。"我应答。没想到这里距科斯塔教授近在咫尺。我感觉这肯定意味着什么,可一时也想不清楚,便随口感叹道:"距离这么近呀。"

"这附近住的都是有钱人,很多人家都藏有不少古书,所以生意不错。"警官介绍着。

"乌格原来就在这里开着店,这块店面不是布鲁诺选的。整天守着老冤家生活,真是难为布鲁诺了。"

终于看见那辆标致汽车了,它就是梅拉的座驾。

"非常感谢!"我再次道谢。

"一路上多保重。祝你在里斯本过得愉快!"警官寒暄道。

"今天收获不小,很有意义。"我的回答是发自内心的。仅仅这一天,我竟接触到两件历史大事,一个是杰出的天才游泳健将,另一个是脑白质切除术。

正在这时,我看见了一个奇怪的景象,眼前的走道上降下了一个小藤篮。一个看上去十岁左右的小女孩,把一个纸包塞了进去,转身准备跑开。

"还有找回的零钱呢?"

女孩听到上空的喊声,返回来,把零钱塞进了篮子。篮子迅速升了上去。我抬头一看,拴着篮子的绳子是从三楼窗口伸下来的。

我一直抬着头观望,梅拉也来到我身旁一起抬着头看。

"太太,你买什么呢?"他大声问道。

"买的鳕鱼子。刚才让女儿到那边胡同的小摊上买的。既好吃,又新鲜。"

"看样子女儿想留下你的零钱呀。"

"噢,她想拿着去买糖吃。小孩子嘛。"

母亲边说边往上拽绳子。刚才她身旁还有只伸着头的小狗,这会儿转眼就不见了。

"这就是里斯本的特色。这还是在大马路上,在里斯本的胡同里,人们都是这样买东西的。"警官打趣说,"这里都是老楼,没有电梯。虽说是三楼,可对那些上了年纪的人或者那些胖子来说,下来一趟也不容易。好在这里的左邻右舍都彼此熟悉,随便喊一个在路上玩耍的孩子,就可以让其帮着买东西。"

"喔。"

"要是一楼就是店铺的话,就更方便了。在楼上喊一嗓子,楼下店里的伙计就会照办,而且可以记账,月底一起结算。"

"是这样……"

"我小的时候就经常被人使唤。玩得正来劲儿的时候一下子被打断是很扫兴的。"

这时候,有个行人过来向梅拉问路,好像是打听附近新开的一家购物中心的位置,梅拉热心地回答着。

我颇有感慨,老街人情浓。如今在腓尼亚人建立的这座小城里,人们依然浓情蜜意其乐融融,活得惬意无比。

这样买东西倒是挺有趣,但电车经过的时候就没法办了。在这座古城,到处都是这样狭窄的道路和紧贴着楼房、走街串巷奔跑的电车,真是够繁杂的。住在临街高级公寓的人不胜其烦,有的路段还是单线,电车整天来来回回,真是让人感觉心神不宁。

"啊!"我不禁失声,蓦然间恍然大悟茅塞顿开,我一下子开悟了,想通了。这一瞬间,我揭开案件谜底的灵感,如飞驰在繁杂运河里的摩托艇一般穿行自如游刃有余。我甚至感觉像头晕目眩后好容易站稳了脚跟一般如释重负。我强忍着,坚持没有蹲下身,几秒钟之后,我全都明白了。这个案件不是什么奇迹所致,我弄清楚了,这是布鲁诺·亚莱干的!

里斯本狭窄的街道,里面来回穿行的电车,分别经过阿蒂娜家的阳台和科斯塔家楼道里的阳台,巧的是,这两段都是狭窄的单线轨道。垂着篮子买东西,这种里斯本胡同里古老而简单的独特购物方式，竟然穿越到了如今的手机时代。

布鲁诺的小店恰巧与科斯塔家近在咫尺，圣安东尼奥节的前夜狂欢之际，科斯塔教授在电视特别节目里口出狂言，深深地刺激了阿蒂娜。这一年一度的狂欢，使街上人山人海，人们载歌载舞，整个城市充满了躁动和癫狂，这真是上帝赐予人间的喜乐。同时，也给了布鲁诺行动的天赐良机，千载难逢，稍纵即逝。节日之夜的一切，都是谜案必备的条件。所有要件齐备之际，真相也就水落石出了。

我把篮子举过头顶，仔细端详。这篮子是派上过用场的，底部还贴着皮革。这是布鲁诺早就预谋的，用修缮古书用的皮料精心裱糊的，以备不时之需。

是的，这的确是蓄谋已久的精密计划。对于布鲁诺和亚美莉来说，这个计划未必就得立马付诸行动。但是，一旦下了行动决心，这父女俩万事俱备，那个底部贴着皮革的篮子就会大显身手。

阿蒂娜藏着的手枪是为万不得已时自我了断准备的。这件事她丈夫和女儿都心知肚明。阿蒂娜恨之入骨要与之同归于尽的死对头是谁，也是尽人皆知的。

阿蒂娜真正想击穿的不是自己的心脏，而是科斯塔的心脏。理解这种切齿之恨的莫过于这父女俩了。他俩早就暗下决心，一旦阿蒂娜自己动了手，他们就会立马捡起手枪，把第二颗子弹射入科斯塔的心脏。父女俩曾经私下里反复合计过，如果不就此痛下决心，那也就太对不住阿蒂娜了。所以，他才早早地把那个特制的篮子交给女儿。

布鲁诺和亚美莉究竟对这个计划抱多大希望不得而知。也许当初只是为了安慰自己而凭空瞎想的,根本不想付诸行动,所以也就没有立马动手的强烈冲动。这个计划也没人知道。因为父女俩决意要追随着阿蒂娜离开这个世界。

但是,圣安东尼奥节前的狂欢之夜,鬼使神差蓄谋已久的计划触发了。狂欢夜播出的电视特别节目里,科斯塔教授的一番狂言乱语,使阿蒂娜万念俱灰,彻底放弃了求生的意欲。

怒不可遏的阿蒂娜终于扣动了手枪的扳机。为了表达自己被施以手术的痛苦以及那些荒唐言论纯属子虚乌有,她挥笔写下了那封遗书。恰在此时,由于激愤,阿蒂娜的癫痫和剧烈的头痛再次发作了。她明白,自己的这次发作,除了是因为脑白质切除术后导致的后遗症之外,还因为脑中有一种异样的东西。

当回到家发现自己的母亲开枪自尽,亚美莉悲痛欲绝。接着,她怒上心头,下决心实施那个复仇计划。她立马拨通了父亲的手机,报告了母亲的死讯,并宣告要开始行动。父亲很快明白了一切,随即戴上手套,拿起了窗帘棒,出门汇入了马路上喧闹的人群。一路上,他奋力开路,直奔科斯塔住的那座公寓。

亚美莉拾起地上的手枪,用手帕包好,装进了父亲给她的篮子之中。接着,她提着篮子,挂在窗帘棒的顶端,走上了阳台,把篮子放到了正在经过的下行电车的车厢顶上。篮子底部那块皮革正是为了防止篮子滑落。

父亲早在科斯塔公寓外的楼道阳台上等着了。电车一来,车顶果然放着那个篮子。他二话不说,伸出窗帘棒,手脚麻利地钩回了那个篮子。放下篮子,布鲁诺用戴着手套的手握着那把手枪,直奔科斯塔家的门口,并按下了门铃。

说来也巧,这时候,正好科斯塔教授一人在家。他应声打开了房门。说时迟那时快,布鲁诺不由分说,当胸就是一枪,正中心脏。大功告成!布鲁诺随即关门,返回了楼道阳台,等着上行的电车经过。少顷,电车到了,布鲁诺又用那根窗帘棒把装着手枪的篮子安放到了电车的车顶。

接下来,她拨通电话,三言两语,向女儿通报了大体情况。亚美莉喜出望外,来到阳台上,等待着取回那只手枪。由于街上挤满了人,电车的速度慢如龟行,用窗帘棒来回挂取那个篮子,单凭她自己的臂力也没费多大劲儿。

篮子安全取回了,亚美莉仔细取出了手枪,放归原处,撤去手帕。一切停当,她这才拨通了警察的电话。

这个计划的成败与否,取决于那趟来来回回从阿蒂娜家到科斯塔家门前经过的单线电车。从阳台到阳台,两端有送有接,电车上行下行,成败都寄托在这条电车线上。两辆伸手可及、近在咫尺的电车如果不是单线运行,这个计划也就无从谈起了。这是计划成功的"得天独厚"。

接下来是"千载难逢"。一年一度的狂欢节,人山人海,人声鼎沸。如果没有这样震耳欲聋的嘈杂噪音,阿蒂娜自杀的枪声和击毙科斯塔的枪声也很难不被人听到。即使计划顺利完成,也会很快败露。

再者,假若电车的速度稍微快一点,车顶的篮子就可能滑落。还有,那天晚上警官们也都喝得醉醺醺的。而且,人满为患行动不便,警车派不上用场,不能及时到达现场,致使案发时间和死亡时间都很难搞准确。

这只是我个人的想象。一般父女是不会共同精心策划这样周密的犯罪的,也不会只是为了洗刷阿蒂娜的冤屈而设计谋杀案且逃避疏而不漏的恢恢法网。然而,就是这些错综复杂鬼使神差的偶然因素促成这个计划,使其成为神不知鬼不觉悬案谜题。从这个意义上讲,确如布鲁诺所言,这是圣安东尼奥的奇迹,别无他解。

"你怎么了?"

梅拉警官的声音,把我唤回现实中。刚才来问路的那个人已经转身走了。

"你说什么?"我应付道。

"这会儿,你好像有话要说。"

"噢……"我含糊其辞。

"发现什么了吗?"果然是警察,问得一针见血。

"不,我在想,里斯本是个了不起的城市呀。"我挠挠头答道。

"迄今为止,在我走过的城市中,里斯本给我留下的印象最深。可以说,终生难忘。"

听到这里,梅拉警官也含含糊糊地跟着点了两三下头。

"发生了这种案件,对外国客人来说,印象总是不好的。"

"噢,我倒没那么觉得。"我急忙辩解道。

"里斯本是座漂亮的城市,丝毫也没给我留下不好的印象。"

"是呀。"警官说着,打开了车门,然后坐在驾驶席上,说道:

"我可不这么想。这个案件是个悲剧。要是你了解到什么新线索的话,请拨我名片上的电话……"

他从开着的车窗里摆了摆手。

"除此之外,没有别的了。"我尽量搪塞。

"除此之外?"

"我脑子里认为那就是圣安东尼奥制造的奇迹。"

梅拉警官听罢,莞尔一笑。

"你也这么认为?"

"这里是个了不起的地方,这种奇迹只有在里斯本才能发生。我深受感动,这真是一次美妙的体验。有生以来唯一的一次……真是太美妙了。非常感谢你,梅拉先生,谢谢。"

梅拉关上车门,发动汽车,落下了电动车窗,

"路上多保重!"他大声说着,然后将车子慢慢向前开去,汇入了川流不息的车流中。

我望着他远去的车影,挥动着右手,同时又确认了一下左手上提着的那个篮子。因为,下个月我还要把这个篮子交给弗娅教授,并向她讲述一番自己此行的切身体会。

美人鱼兵器

1

我一向是费迪南·保时捷博士的崇拜者。我的一位读者朋友也是个旧车迷,他把自己收藏多年的那辆保时捷356借给了我。这辆车是一九六二年版的,是博士的孙子在新一代车型上市之前推出的绝版车,是最后一辆356,是一辆异乎寻常的好车。

这位朋友在斯德哥尔摩开了一家很大的餐厅,有足够的闲钱来玩这个烧钱的爱好。他听说我还没有坐过356,就慷慨地把他全套的行头也一揽子借给了我,包括参加意大利老爷车拉力赛和一千英里耐力赛时穿过的皮夹克、贝雷帽。他得意地说,穿上这套行头,你就可以大模大样开着这辆车去丹麦兜风了。

二〇〇三年春天,一位住在德国斯图加特的保时捷迷,想抛售一辆成色非常好的356。拥有一辆356是他少年时代的梦想,于是他毅然去参加了拍卖,结果一举获胜,如愿以偿,圆了自己的梦。

中标之后,他到遥远的斯图加特去提车。他亲自手握方向盘,从德国出发,穿过丹麦,跨越刚开通不久的厄勒海峡大桥,最后回到了斯德哥尔摩。他驾车横穿波罗的海,沿途的风景非常壮丽,他也向我推荐了这条路线。他告诉我,那辆356刚刚精心保养过,车型虽老,但跨越厄勒海峡大桥走个来回还是不在话下的。

我的名字叫海因里希·冯·莱恩德尔福·舒坦因奥尔特。顾名思义,我生在波兰的玛威尔泽,此地以前是德国的领土,我认为自己是纯正的日耳曼人。为了证明自己的身份,我在德国圈里干了半辈子科技记者。

因此,我对德国创造的科技产品有一种本能的激情。每当我耳闻目睹,二次大战中,特别是末期纳粹德国推行的疯狂科学家体制,以及其创造出并经过检验的确行之有效的各种科研成果,我就会情不自禁地血脉偾张。

奥斯维辛集中营那种世纪罪孽,也令我感到触目惊心,我认为作为德国人是要忏悔的。我对那些东西深恶痛绝,没有半点兴趣。但另一方面,对德国人的那股近乎痴狂的刻苦钻研的钻劲儿,我还是佩服的。

实际上,我真正佩服的,还是费迪南那样的人物,还有他创造出的保时捷那样的高性能机械。所以,对同为德国人的这位旷世巨匠,我的内心常怀一种伤感,并立志步其后尘。同为德国人,我从小就觉得自己和他有一种莫名的亲近感,不是亲戚而胜似亲戚。

毋庸置疑,他是一位天才的工程师。他的才能,总能使其放眼前瞻二十年,而且既客观冷静又灵活实际。但遗憾的是,他的这些超前的设想,世人往往认为是痴人说梦。

费迪南的才略和灵感与希特勒这位癫狂的"领袖"有过一个时期的交集,但最终结果是费迪南上了这位"领袖"的当,被忽悠了。不仅如此,战争结束后,他成了战犯,被押送到法国关押起来,饱尝了命运给他带来的不幸。

费迪南没有为纳粹造过一件武器,至少没有主动参与过,既没有造过枪炮,也没有设计过战机或坦克。他研发的不是豪华的大型汽车,而是那种利用空气动力的空冷后驱发动机的轻量小型车。这也恰好迎合了德国民众的需求,圆了他们多年的梦。希特勒却利用这一成果,制定了取悦民意的政策,付诸实施,最终从民用车生产线上生产出了军用吉普车。这种车采用了后驱发动机,因此它的发动机很难被枪弹击中,空冷系统使其在激战情况下也无需冷却水,堪称理想的装甲运兵车。

希特勒也曾直接委托他搞虎式坦克的设计。费迪南设计出了创新型的自动变速的坦克。这种坦克,利用柴油发动机发电,再以电驱动马达,进而驱动全车。该坦克的操作简单易学,但速度较慢,被认为达不到实战要求。最终这个方案没有被采纳。

然而,进入二十一世纪,控制大气污染和保存石化燃料的手段备受注目,混合动力汽车应运而生。阿波罗登月时使用的月球车就是当年费迪南构想的混合动力车。

当前,全世界的汽车行业正在逐渐向这个动力方式发展。这项技术领先的国家,目前就是当年的同盟国日本。费迪南在当年的体制下,已经预见到七十年以后的未来了。

费迪南的儿子费里,筹措了保释金,把父亲从法国赎了回来。在父亲被关押的日子里,为了营救父亲,他和他的得力助手卡尔拉贝一起,用军用吉普车的零部件组装成了跑车,这就是那款保时捷356。

这款车是一九四八年费迪南回到德国那年呱呱坠地的。其后,他们在奥地利的格明德小镇人工生产了二十辆,开启了战后的著名品牌汽车"保时捷"的新纪元。

我穿着皮夹克,戴着贝雷帽,一个人驾驶着这辆历史厚重感十足的银色名车,离开了斯德哥尔摩,经过五个小时,到达了赫尔辛堡海边。

驾驶356的确很爽。此前,我曾经驾驶过911、944、928几款博克斯特车。跟这款堪称雏形的356相比,都有些不同。这款车空冷发动机发出的粗犷音乐颇似911款,但动力要小很多,明显有老款吉普的感觉。可是经过我的这位朋友的精心修整,根本听不到老款车那种底气不足的隆隆杂音。

这种老款车存在通病,不停车挂不上第一档。第二档的齿轮传动范围也很窄。从第三档到最高档的稳定性很好,扭矩很大,速度也很快。七三、七四年型的911款提速快,常使人紧张出汗,相比之下，356款的加速沉稳，开起来心里也踏实，操作起来也很舒服，高速定速行驶，更胜一筹。不过，它的瞬间提速不及911款，但驾驶起来更感沉着。总之，这些操控我都已经烂熟于心。

一个小时下来，因为是老款车的缘故，一路上引人注目，加上我在操控上大显身手，又是在韦特恩湖畔，这把真让我过足了兜风的瘾。

以前我有个叫艾根麦卡特的朋友住在赫尔辛堡。有段时间，他住在城里的一座小公园里。时隔很久，我又来到这座公园，从这里又来到海边，俯瞰厄勒海峡。那天夜里，我住在了山间饭店里，从这里能够眺望到海峡。

第二天早晨，吃过早餐我离开了酒店，沿着海峡，一路南下，直奔马尔默市。早上晴空万里碧海蓝天，延绵细长的厄勒海峡波光粼粼，又是一段神清气爽的兜风旅程。

没多久，厄勒海峡大桥便展现在了我的眼前。我是第一次驾车通过这座大桥，也是第一次从陆上的这个位置，眺望这座大桥。远处绵长的大桥，坐北向南慢慢地靠近过来。如果乘坐列车的话，从内陆驶来上了桥，一头钻进铁路专用道，来不及细品这一番壮丽的风光就疾驰而过，岂不是太不尽兴了？驾车之旅则可以充分领略到这仪式般的壮观场景。

从远方望去，横跨厄勒海峡的大桥，它的绵长壮丽，真是令人震撼。这座大桥大概可以算是当今世界上连接国家间最长的跨海大桥，大桥全长八公里，从中段起潜入海中，通过海底隧道到达对岸的哥本哈根,加起来全长共计十六公里。

瑞典一侧的马尔默市,人口约二十五万,是瑞典的第三大城市。对岸的哥本哈根则是丹麦的首都,人口要多出许多,有一百八十万。据说,横跨大桥大约耗时三十分钟,关于收费标准,瑞典方面是二百五十五克朗,丹麦方面是二百三十克朗。

大桥开通后,这一带发生了巨大的变化。丹麦是一个由大小岛屿组成的国家,首都哥本哈根就坐落在西兰岛上。大桥建成以前,桥两端分别称作西兰地区和马尔默地区。现在连接两国的大桥,以及两端的区域被统称为厄勒海峡地区,而且已经形成了北欧地区独立的文化圈。

预见到流通的变化和人口的聚集,欧洲各国的IT产业纷纷开始向哥本哈根集中,当地的人口也随之膨胀起来。其中一大部分聚集到了税金相对较低的马尔默地区。马尔默地区遂成为一座住宅城,一扩再扩。但是,不知何种原因,丹麦一侧的酒精类饮品的价格要便宜许多,所以,很少有人到马尔默市买酒喝。

大桥将近二〇〇二年才建成,这是国家的一件大事,瑞典的电视台播放了很多与之有关的特别节目。丹麦方面也不相上下。

随着大桥的开通,随之衰败的不仅仅是马尔默市的贩酒业。海峡上原有一家叫匹莱恩的船务公司,承担着海峡两岸的轮渡运输。单程四十五分钟的航程,收费六十克朗,为了与大桥竞争,降到了四十克朗。但是,尽管如此,也没竞争过大桥,最后以歇业告终。从业三十多年的渡轮船长,在结束最后一班航海后感慨地说:"这些年多少大风大浪大雾我都挺过来了,没想到今天却败给了这座大桥。"这一段采访被电视台作为特别节目播放了。

花二百五十五克朗上了桥,便开始期待已久的赏景了。波罗的海在这里形成海峡,大桥的两侧是宽广的大海,而且长长的桥延伸到一半,又没入了大海,形成了一道奇观。

我驾着这辆老牌德国名车,沿着横贯波罗的海的笔直的石路,直奔哥本哈根而去。

这个将这两个在不同的童话中养育而成的国家一桥相连的构想,是从十九世纪开始孕育的。修建一个长长的海底隧道的方案,限于当时的技术条件,只能是根本不能实现的梦想。然而进入一九五〇年代,马尔默市的建筑家尹盖·普利茅特根据现有的技术水平,断言完全有把握建成这座大桥,并提出了切实可行的具体架桥方案。

这个方案登在了一九五三年二月在马尔默发行的报纸上,同时还登载了示意图,一时间在社会上引起了巨大的反响。西方的美洲大陆已经进入了摩天大楼时代,造这座桥也不是科学幻想。造桥计划开始了造势活动,当时年仅二十多岁的普利茅特一马当先,到处演讲呼吁。结果,这个计划并没有被广大市民接受。

五十年代的马尔默,渔业、造船、纤维等行业一派繁荣,根本不需要靠架桥来拉动经济发展。加之,造桥施工会带来海洋污染,该市的渔民肯定会蒙受严重的损失。

但是随着岁月的流逝,马尔默市的上述行业日渐衰退。造船业和纤维业遭到毁灭性的打击,马尔默的经济一蹶不振。于是,市民们旧事重提,开始重新认真地关心起当初搁浅了的造桥计划。两国商定各出一半资金于一九九六年开工造桥,历经四年施工,大桥终于竣工通车了。一桥飞架,历史上历经多次互相侵略的瑞典和丹麦被连接起来。

大桥的竣工,给这一地区的经济带来了活力,马尔默市的经济又复苏了。然而那位为这座桥倾注毕生精力的建筑家,已经从风华正茂的青年,变成老眼昏花老态龙钟的老人了。我记得,在接受电视台采访时,他感慨万千略带苍凉地说:

"大桥完工了值得高兴。假如在五十年代就完工的话,我们市的经济就不会衰退。而且,两市的经济肯定能取得长足的发展。"

桥架得迟了一个时代。老建筑家说这番话时无奈的表情,给人留下了深刻的印象。

我迎着徐徐的海风,驾着356在跨海大桥上奔驰着,我联想起保时捷博士。这位天才的匠人费迪南·保时捷大师也曾经历过类似的感受。他坐在儿子的车里满怀屈辱。从法国监狱踏上返回德国的途中,两人在高速公路旁边小歇。他看到公路上后来居上的,竟然是二十年前自己设计的、如今已经大量生产的普通大众汽车。

"瞧,过来了一辆,又过来了一辆!"

费迪南用手指着一辆辆汽车,惊喜地呼喊着。汽车一辆接一辆飞驰而过,令他目不暇接,眼前的一切完全实现了他的梦想,他的脸颊上挂着激动的泪花。

如果当年奔驰公司接受了他批量生产普通国民车的构想的话,他自己也就不会上希特勒的当。小汽车的时代无疑也会早早到来。

当初,费迪南在奔驰公司工作时已经开始着手研发混合动力汽车了。如果当时奔驰公司能够理解并支持这种混合动力汽车的构想的话,恐怕现在满街奔跑的应该全是这种混合动力汽车了。全世界汽车行业将会出现天翻地覆的革命,大气污染也不会像今天这样严重。F1的世界,可能会因为费迪南的杰作、奥迪P的横空出世而被改写。

2

一冲出海底隧道,就是哥本哈根的市区。入境时也没人要求我出示护照。我穿过古老的砖混街区,照着指示牌的指示朝着哥本哈根港的方向驶去。

靠近港口的是阿玛琳堡和卡斯特雷堡。卡斯特雷堡是一座五角形的要塞。以此为中心,沿海就是著名的长堤公园,公园的一角坐落着著名的美人鱼雕像。我将其设成了此行的目的地。因为此前我并没有亲眼目睹过这座举世闻名的雕像,所以决定亲眼看一看,然后就返回斯德哥尔摩。

我把那辆356停到了公共停车场里,然后徒步前往参观美人鱼雕像。一路上,欣赏着阿玛琳堡,眺望着吉菲昂喷泉,我悠然自得地信步走在长堤公园的海边小路上,远远地看见了一个不大的游艇码头,那里就是卡斯特雷公园。

我以前曾在画册里见过美人鱼雕像,很喜欢这座艺术杰作。我无法形容那种美感,尤其是从侧面欣赏,塑像那种侧坐的美人鱼背部曲线,总感觉有一种别有韵味的写实和夸张,能唤起观者心中一种柔情似水的温情和好感。尽管我对自己以前的妻子也曾有过这种温情的爱怜,结果是以我受到了她的伤害而告终。

进了公园,边走边找,竟然没有一下子找到那座美人鱼雕像。最后,总算找到了。也难怪不好找,原来那座大名鼎鼎的雕像,竟出乎意料地小。说起来,还不如在拉斯维加斯悬挂的那幅放大的美人鱼雕像的图片更壮观。

美人鱼安坐在离岸很近的一座礁石上,看上去感觉简直是触手可及。最具视觉冲击的是她的双脚部分,造型竟是尾鳍,即使我这样事先看过图片、有心理准备的人,亲眼目睹后都感觉怅然若失。如果毫无心理准备的话,恐怕会更失落。

这座美人鱼雕像和布鲁塞尔的撒尿男孩,还有新加坡的鱼尾狮,被人戏称为"世界三大败笔杰作"。然而,这只是世人的一种误解。这座雕像是一九一三年落成的,是以当时皇家剧场演出的芭蕾舞剧《美人鱼》女主角为原型而雕刻并命名的。那时候的嘉士伯啤酒公司第二代老板卡尔·雅阁希森看了这场芭蕾舞演出后沉湎其中，于是毅然出资，请雕塑家爱德华·艾瑞克森为其女主角塑像，并冠以"美人鱼"之名。

也就是说，这座雕像不是献给安徒生的那篇著名童话的，而是为了讴歌一九一〇年代那位同名芭蕾舞剧的女主角的。岁月荏苒，当时的初衷已经被人忘却，只剩下了安徒生美人鱼的佳话美谈。其实这不是美人鱼的雕像，而是芭蕾舞演员的。游客们误解了雕像的原意，纷纷慕名而来，一睹为快。

另外，雕像周围的景观也不尽人意。游客架起相机准备取景拍照的时候，才发觉背景竟是一片工厂的烟囱，而且旁边还有个军港。这些背景与美好童话里的女主人公简直是极不匹配。

然而，就我个人而言，并没觉得多么失望。当然这与我之前了解的背景资料有些关系，这座"小美人鱼雕像"坐落在这里，也算是情有可原，恰如其分。因为，当初嘉士伯的大老板请人塑造这座女主角的雕像时，并没指望招揽更多的人来观赏，只有来公园游玩的哥本哈根市民观赏，他也就心满意足了。

也许是这处景观不起眼的缘故，尽管今天晴空万里，是个散步的好日子，但现场的游客并不多。因此，我得以从从容容地仔细观赏，内心颇感满足。起初因为雕像太小不及图片壮观，我的心里多少有些失落，但是一番细细观赏之后，我开始喜欢上这座美人鱼雕像了。

这座雕像自落成以来屡遭磨难。一九六四年四月她被"斩首"了，一时间成了没有头的美人鱼。

她曾经被敲掉了双臂,甚至被绑上了炸弹。最近一次,跨海大桥开通后的二〇〇三年九月,她再次被"斩首",而且还被推到了海里。那段时间,慕名而来的游客只能看到没有雕像的那座岩石。丹麦的朋友告诉我,那是一名新闻记者为了创作一篇《美人鱼的悲剧》的报道而自编自导的闹剧。

如此屡遭攻击的名胜古迹在全世界也属罕见。她压根儿不涉及政治恩怨,更谈不上引起市民们的怨恨。

雕像的名望,是引发犯罪分子自我表现欲的根源。一个是位置原因,雕像就坐落在人行道的旁边触手可及,任何人都可以轻而易举地损坏她。另一个原因是,雕像的尺寸较小极易遭到破坏。而且周围温情恬静的氛围可能也刺激了犯罪分子的嫉妒和施虐心理。但是,此前谈到这个话题的时候,我的朋友御手洗洁曾经对我说:"事情没有那么简单!"

他有一位同学叫竹市雅俊,是生物学家,发现了"钙粘蛋白"。当时我们是在讨论这个话题的时候,他说这番话的。

所谓"钙粘蛋白"是指同类细胞相黏连的一种物质,它分为很多种类。细胞通过这种物质连接固化,由原来的受精卵形成细胞群,有的形成了血管,有的形成了骨骼,有的形成了皮肤或神经。这一系列各种各样细胞群的分化都离不开这种叫作"钙粘蛋白"的物质的黏合作用。

在细胞分化的过程中出现的钙粘细胞,如果与血管细胞结合,它就不会再和骨骼细胞结合。与之同理,已与骨骼结合的钙粘细胞,也不会再和血管或皮肤的细胞结合。它们只和同类细胞结合,准确地形成各种不同的器官,构成了完整的人体。

这种物质的发现充分说明:原本分散存在的细胞群,根据遗传基因的指令排列组合,形成了不同的器官,并且有机地结合起来,在人体各部位发挥作用。

在解释这些的过程中,御手洗突然提出了这样的一个问题:
"海因里希,你听说过'柏林地下协会'吗?"

我当然知道。而且,我还采访过他们,并写过有关的随笔文章,在休闲杂志上发表过。

"知道。是迪特玛尔·阿诺尔多和莱纳·雅尼克这两个人创办的那个协会?他们是一九九二年建会的,这几年不断扩大,有很多建筑家和学者都参加了。我和这两位发起人都见过面。"

听了我的话,御手洗点了点头,接着问道:
"那么,滕珀尔霍夫机场地下研究设施你也听说过?"
"嗯,我知道。"我点头称是。

滕珀尔霍夫机场位于柏林,是第二次世界大战中纳粹修建的,以后一扩再扩,现在其规模之大堪称世界第一。

"那就是这个协会创建的缘起。"

柏林地下协会源自迪特玛尔·阿诺尔多少年时代的梦想,也可以说,是一个少年探险家的地下探险计划。

柏林是一座从古罗马时代延续至今的古城。城市的地下遍布着无数的洞穴,还有很多看似曾被用做房间的四方形洞穴,以及地下通道和许多已经废弃的古代暗渠,另外还有纵横交错结构复杂的下水管道。

柏林十九世纪曾经是德国的首都,大规模的城市地下建设是在这个年代开始的。当时的建设基本上是铺设上下水管道、地下电缆和电话线,建设地下通道等基本城市功能设施。同时,还建造了很多用途不祥的暗渠、隐蔽处。这些设施已经被人们遗忘殆尽,如今根本没人能够准确掌握其所在位置和用途。

柏林的地下设施神秘莫测,虽然冠其名曰"不明",但与古代没多少瓜葛。发掘出的古罗马时代和中世纪的东西有些无法解密并不奇怪,但是二战时期建造的很多东西居然也无法搞清楚其真正的用途。在柏林,大部分的地下设施都无法得到合理的解释,原来那些都是当年建造的秘密工事。地面建造的都是堂而皇之的楼堂馆所,但这些地下设施建造的年代、设计施工者以及图纸资料等等根本就没有留下,更谈不上给子孙后代作解释说明了。

当然有的设施也是用途明确的,比如国会大厦地下车站。据史料记载,这座雄伟的地下工程,是希特勒作为地铁车站下令兴建的。结果还没完工就赶上了德国战败,于是半途而废被搁置起来。这座地下宫殿,比一个普通的剧场要大得多,可以容下一个巨大的百货商场,那座标志性的巨型月台始终也没有迎来驶进站的列车。据说,在柏林地下,如此规模巨大的幽灵车站有数十座之多。

还有一说,这是当时德军建造的地下要塞,据说至今要塞里的房间甚至家具都配置得一应俱全,要塞装备了坚固的水泥防护墙和厚厚的天花板。一九八七年这里遭到了破坏,现在这里已经成了一个巨大的水池。但是,除此之外的很多设施,都不知作何用途。

其中最大的谜团,要算滕珀尔霍夫机场的地下设施。这座设施的规模之大,远远超出了防御工事之类的概念,而简直可以称得上是一座地下城市,或者说是广义上的战略要塞。铺设的铁道贯穿了地下设施的中央,终点就在机场跑道的正下方。

滕珀尔霍夫机场号称是世界上规模最大的机场,其附属的地下要塞的规模之大在世界上也屈指可数。从其空间和铺设的铁道来看,这座地下设施的一部分有点像飞机的组装工厂。而且,有人认为,这里曾经设置了一部分军队统帅机关。

地下协会的会员们调查询问过好几位战争年代曾经在这里干过活的人。他们的证言也从侧面证实了大部分推断的真实性。在这里组装新型战斗机,完成之后再通过隧道,用货车将其运到飞机跑道的下方。这座地下设施设计得坚固无比,顶部覆盖了厚厚的水泥层,完全是一座名副其实的要塞,可以抵御大规模的空袭轰炸。但是,里面的铁路隧道却很窄。据说,最窄处飞机机翼到墙壁的距离仅有几十厘米。

在这座工厂里,除了批量生产的战斗机以外,还研制生产木制的火箭发射器、喷气式战斗机,还有机身正中央安装着巨大螺旋桨的试验飞行器。

在这个研究所里,经常现身的有世界上第一架喷气式飞机的发明者亨克尔博士、梅塞施密特博士,还有梅赛德斯奔驰公司的顶级设计师,以及费迪南·保时捷。

这里研究的内容,据说是当时世界上最先进的技术,换句话说,最高军事机密的研究所紧邻着生产工厂,这里不断传出新型发动机隆隆的轰鸣声。这里诞生的试制飞机装上列车准备送去试飞的时候,工厂里所有的门窗都要求关闭起来,连工作人员也不许在行经路线上逗留。

不仅如此,在这里任何人都不准谈论有关研制战斗机的话题,即使在地下设施里也不允许进入指定区域以外的地方,也不准打听,更不许谈论。

戒严以后,走廊通道上的所有关键地方都分布有多名士兵,二十四小时进行看守监视。

奇怪的是,到了夜间这里会定期用运输机分组运来一些的年轻姑娘。她们身穿粗布制成的囚犯制服,每人上衣的前胸部位都缝着六角星符号,表明她们是犹太人。

她们被运入禁止出入的区域,同伴们都在私下议论,这些犹太姑娘肯定是用来做人体试验的,但是究竟做的是哪一种人体试验,无人知晓。后来空袭越来越激烈,直至接到撤退命令,也没见那些姑娘们出来。

工厂的伙食大都是难以下咽的豆汤和干面包,偶尔会有肉。

肉是新鲜的,大伙说这是那些犹太姑娘的肉,结果谁都喝不下肉汤。那时候的确很难吃到肉,所以大家也都信以为真。地下设施里也养了几头牛,有牛奶喝。据那些曾经在里面干过活的人说,那些肉厂厂长们也都跟着一起吃,那些肉应该不会是人肉。

这座大型地下设施的存在,在很长时间里没有人谈论。大概是因为知情的都是当时参战的柏林市民,他们也想尽快忘记这座设施的存在。或者是他们想把那些噩梦般的记忆封存起来带到墓地里。再说,本来真正的知情者人数就很少。

然而,这座巨大设施里的内容完全不为人知也是事出有因的。至于理由,有很多细节可考。本来可以公诸于世的内容就很少。这里的工人大部分都是从波兰或丹麦强行抓来的外国人,战争结束后,他们一被释放,便回到了自己的国家,对这些事三缄其口。纳粹的罪行,特别像奥斯维辛集中营中那样臭名昭著的罪行本来就不胜枚举,所以联合国的追诉对象也头绪繁多,耗时费力,根本没有余力到受害国对受害人一一进行调查取证,调查有关滕珀尔霍夫机场地下设施内容之类的事情。

但是,事态扑朔迷离的最大原因是,在联合国军到达这里的时候,整个地下设施经历了连续几天的大火焚烧。层层锁闭的出入口,都被撤退的德国兵炸毁封闭了。他们在出入口周围放火,烈焰瞬间吞噬了整个设施,现场成了一片火海。

大火昼夜燃烧不熄,战争年月,根本没有消防队之类的组织,况且又是在地下,根本就没法灭火。再说,也没人想到去扑灭这座重要设施里的大火,只能任其蔓延肆虐,这也就注定了机场地下研究设施里的一切被付之一炬,永远不复存在了。

还有,当初最先攻入的不是英美联军,而是苏联军队。因此,最初的调查是他们单独进行的,收集到的物证被悉数运回了莫斯科。随后,冷战爆发,他们所获得的调查内容更不可能通报给西方。这就是有关这座设施的情报数量奇少的第二个原因。

苏联军队撤走后,美国军队开始调查这座燃烧殆尽的地下设施,但是并没有发现什么重要的东西。唯一引人注意的是,曾经有记录记载说,从入口附近的房间里检出了大量的赛璐珞。这里曾是存放胶片或电影成品的仓库,附近还有一间很大的房间,估计应该是放映间。制作胶片的主要材料就是赛璐珞,但是它极易燃烧。

另外,在其他房间里发现了不少琥珀,于是众说纷纭。有人说,这里隐藏着从苏联埃尔米塔日博物馆掠夺来的沙皇珠宝,也有人说,这里长眠着大量纳粹从法国收集来的收藏艺术品。但是,过了不久调查被叫停,大部分的设施被填埋,被忘却了。

然而,地下设施位于西柏林一侧,所以迪特玛尔·阿诺尔多和莱纳·雅尼克两人,于一九九二年再次发现了这里。他们乘着独木舟沿着地下水道搜索,发现了以前毫无记载的大型排水孔,开口朝着下水道。为了一探究竟,他们顺着挖掘,刨出了埋藏着的管道,最后终于进入了巨大的地下设施。

令他们吃惊的事情发生了。他们沿排水管逆行,发现了巨大的空间,大小如同一座室内竞技场。里面的空间之大,顶部之高,使人联想起国会大厦下的地铁车站。那些粗大的排水管连接着那里的大型水池,也就是说,排水管是用于这个水池的排水设施。

他们的年龄只有三十多岁,当然不可能了解这个地方战争时期的情况,根本没有想到在这里还会有这样巨大的水池。他们推断,这可能是为了研究 U 型潜艇而建的,可如果是那样的话,应该把研究所建在港口附近才对,为什么要把这个水池建在内陆的柏林呢?这令他俩百思不解。

还有,他们从水池底部的沙土中,检出了盐分和硅藻类的遗骸,这证明池子里的水不是自来水,而是海水。在时而有空袭的情况下,将如此大量的海水运送到柏林的地下,这本身就需要大量的人力,肯定是为了很重要的目的。这个谜团越来越令人不解。

他们继续搜索。最后,他们判明设施的一部分到达了滕珀尔霍夫机场的正下方。他们的这一发现一旦公诸于世,肯定会震惊世界。于是两人觉得,有必要成立一个地下协会。

听了我讲的这一番话,御手洗深深地点点头说:"原来如此呀。现在我要对你说的是……"

接着,他对我讲述了一件令我吃惊的事情。这是我首次公开谈论此事。听了他的这番令人出乎意料的讲述,就连我这样对纳粹暴行有所耳闻的人,一时间都觉得难以置信。相信读者们读了下文以后一定也会有同感。

3

那是御手洗还在斯德哥尔摩大学时候的事。一天,有位自称叫扬尤克·布洛姆霍夫的人,从荷兰的莱顿大学来到生物医学研究中心,拜访御手洗。他是国立莱顿博物馆的文物管理员。他在整理仓库的时候,发现了一件奇怪的东西。那是一八二八年从日本购买带回的一个美人鱼标本。今天他把它带来了,并拿出来给御手洗看。

这的确是个奇怪的东西。它的上身长满了毛,看上去很浓密,连两只胳膊上也被一层黑褐色的毛所覆盖。它的手指长得像人的手,有五个尖尖的指头,手背和指背也长着毛。

但是,它的头部几乎没有毛,也没长一根头发。两个眼窝很大,像两个深深的窟窿,上面的眉骨隆起像小小的屋脊,能够依稀看见稀松的眉毛。

它的鼻子扁平,靠近眼窝的两只鼻孔很大。它的嘴也很大,几乎咧到了耳根。从微微张启的龟裂着的口唇间,能看见里面尖尖的牙齿。它面目狰狞,像一个怪物产下的幼崽,丑陋无比,令人瞠目。

顺着它长满浓密体毛的肩胸部继续往下看,更令人称奇的是,它的下半身竟呈鱼状,没长毛,而是长满了鱼鳞,还长着和鱼一样的尾鳍,一直延伸到尾部,呈弯曲状,鱼鳍高高竖起,直指天花板。

这是个面目狰狞的怪物,足以吓哭小孩子。它看上去陈旧干枯,呈黑褐色,样子令人毛骨悚然。它的体型并不太大,身高顶多也就有一米,像个怪物产下的幼崽,被人用金属固定在一座木台座上。

扬尤克说,他希望用 X 光机或 DNA 鉴定一下这是什么。如果是人工拼接成的话,是用哪种生物做的材料?如果是二体合一的话,那两种东西分别又是什么?

他还说,想了解一下,一八二八年日本人为什么要制作这样的东西。作为一名文物管理员,他期待的似乎不光是 X 光机或者 DNA 的检测结果,他还想从身为日本人的御手洗那里了解一些关于这些方面的历史掌故。

于是御手洗首先对其做了 DNA 检查,但在不破坏标本的前提下,做这项鉴定是不可能的。因为,标本的组织已经被药物——很可能是大量的砒霜破坏殆尽了,所以 DNA 检查不出结果。因此,即使这是人工拼接起来的,也很难鉴定出使用的是哪种动物。

御手洗又对其做了 X 光检查,得出的结果更出乎意料,原来它的上半身内部,除两臂和嘴部周围之外,其他部位都没有骨骼。可是,它的下半身完全是鱼的骨骼,不过在上下身的连接部位一下子断开了。

御手洗从其两手的手指和爪子的形状断定,它的上身是日本猿,而它的下半身是鲑鱼。鉴定结论:它是日本猿的上半身与鲑鱼的下半身人工合成的人造物品。只不过日本猿的上半身被抽除了骨头和内脏,而且被刻意加工成了狰狞的样子。

相貌做得狰狞,是为了达到一见惊魂的效果。剔除头骨使其面部的形状和表情扭曲,再填充上黏土之类的填充物,使其表情固定。为了达到嘴阔至耳满口獠牙的吓人效果,制作者先将其头骨的下半部分切开,将嘴扯至耳根,再装上上下两排用锉刀锉成的獠牙,这样就大功告成了。

在制成的猿的上半身下面,再插入鲑鱼的下半身,然后用砒霜对其进行防腐处理,最后放到严寒的环境中晾晒,使其不腐烂,并达到浑然一体的效果。据说,十九世纪在严寒多雪的日本东北地区,每到冬季,农民们都以此为副业,家家忙着做这种怪异吓人的标本来赚外快。

这些造好的怪物被中间商贩运到了长崎,十九世纪在长崎街头随处都能买到。买货的都是常驻出岛商馆或者来旅游的荷兰人。据说,他们会把这些商品当成当地特产买来带回国。御手洗介绍说,同样的标本在莱顿博物馆里还有一个。

这种人造美人鱼的畅销最早始于荷兰人。一六三七年博物学家约翰·琼斯托的著作《动物图谱》在荷兰广为流传,颇受欢迎。十七世纪到十九世纪期间,日本应荷兰的东印度公司的要求,在所有西欧国家中,只选择了荷兰进行贸易。因此,当时在日本流行的自然科学和文化信息多来自荷兰。那本《动物图谱》也被日本人大槻玄泽译成了日文,以《六物新志》为名出版发行。由于书中的插图非常珍稀,整个日本一时间洛阳纸贵。

那个时代的欧洲，人们对神明深信不疑，认为世上万物都是根据神明的意志井然配置的。地上的生物也绝不是单独存在的，所有的物种都是环环相扣相互关联的，这种相互关系被称作"连锁存在"。《动物图谱》遂成为掌握世间万物思想学说的启蒙之书。

书中的中心思想阐述：人和猿之间存在着一种相互关联的"猿人"，"人""猿人""猿"三者各自都有自己的一个环，这些环被相互关联起来，形成了"连锁"。

人们确信，"人"和"鱼"两种动物之间，同样存在着一种中间的环——"人鱼"。因为这个中间的环尚未被发现，人鱼又被称为"失掉的环"，因此探索求证这个"失掉的环"，在那个特定的大航海时代，成为全世界风靡一时的热点。

发现这个环，就可以证明东方能印证这一文明的假说，于是乎日本这个神秘的岛国就应运而生登上了时代的舞台。住在长崎出岛商馆里的荷兰人到处搜罗寻访目击过"人鱼"的日本人，以证明这个根据神的意志存在的动物的真实性。荷兰人的这种热情源自对宗教的狂热，其力量不可低估，这也激起了日本人内心里顺应附和的热情。

在日本早就流传着八百比丘尼为代表的种种神话传说。他们也根据《六物新志》对这一志怪人物进行了自己的勾画。然而日本人并不信仰基督教，他们只是把《六物新志》当成志怪传奇看待，把人鱼当成了虚构的动物。后来聪明的日本人从中看到了商机，他们按照荷兰人的要求，认真地搜寻起来，最后做起了这种荒唐的木乃伊生意。其根本原因是双方都认为有利可图。

这个过程就是,日本人用猿和鲑鱼的遗骸组合起来制作成可以作为土特产的动物标本。然后日本人又绘声绘色地编造出一套如何捕获这种动物的传奇故事,最后把标本卖给荷兰人。起初荷兰人也是将信将疑,后来渐渐信以为真,买来带回荷兰。御手洗把自己的理解如此描述了一番。

扬尤克得了正解,回莱顿去了。过了不久,一个俄罗斯年轻人来到御手洗的办公室。

进门后,他说:"冒昧打搅,我想请教您一下,行吗?"

"没关系。"御手洗答道,顺便让了座。

年轻人自报家门,说是从基辅大学到斯德哥尔摩大学来留学的,名叫尤里·恩格里戈尔特。接着,他小心翼翼地问:"刚刚摆在这儿的那个标本是什么?"当时御手洗使用的办公室是敞开式的,谁都可以从旁边走过。

御手洗解释说:"那是从莱顿博物馆带来的,是用猿和鲑鱼的遗骸合成的,看起来像个人鱼,是十九世纪在日本制作的。"

年轻人又问:"那里面的骨骼是什么样子的?"

于是,御手洗打开电脑,调出来当时拍的 X 光片给他看。

尤里认真地审视着,惊奇地说:"原来没有骨骼呀。"

"对,上半身没有骨骼……"

御手洗点头称是,顺便又发表了自己的见解:"为了使猿跟鲑鱼的接口吻合,也为了使它看起来面目狰狞,除了牙齿附近以外,猿面部多余的骨头都被剔除了。如果留下头骨的话，人们从它的头和脸的形状立刻就能判断出这是猿。我自己是从它的手和手指部位仅剩的骨骼判断出这是猿制成的标本。当然拔出两个臂膀的骨骼肯定也是颇费周折的。"

"当时，这种人鱼标本有很多吗？"年轻人继续问。

御手洗说出了自己的推断："我自己也没有考证，应该还会有吧。"

"那些标本里的骨骼都被剔除了吗？"年轻人问道。

"我想上半身的骨骼肯定都是被剔除的，如果留下的话，谁都会认出那是猿，即使剃光了毛，猿还是很容易被认出的。因为猿的面部太典型了，人人皆知。可如果刨根问底，那就另当别论了。"

"的确如此。"年轻人点头同意。

御手洗接着解释："换句话说，如果真的发现了一个特殊的哺乳动物，它上半身不是猿，而看上去更像是人鱼，即外貌像人或小孩，而下身却天衣无缝地变成了鱼，那就另当别论了。可是，万一世界上的哪个地方真的生息着这种动物，它也不可能从颈部到尾骨一根背骨贯穿到底的。上半身和下半身结合部肯定是有接点的。"

接着，年轻人稍微犹豫了一会儿，像是拿定了主意，说了一段惊人的话。

"其实，我见过这种动物的照片。"

这时，年轻人的双眼直勾勾地望着御手洗，看着不像是在说谎或有什么其他的企图。

"你在哪里见到的?"御手洗连忙追问。

"在莫斯科郊外的一个诊所里。"青年答道。

"那里有照片?"御手洗又问。

青年摇摇头。

"不是的。是一位来住院的老人……名字我记不清了,他拿来给我看的,在我到那个诊所巡诊的时候。"

"这么说,那是个一根背骨从头串至尾的人鱼喽?"御手洗追问道。

"是不是人鱼我不确定,总之是那样。"青年答道。

"他为什么给你看呢?"

"大概是熟悉了的缘故吧。因为当时我负责他的治疗。他说是想把长年积存于心的谜讲出来,听听我的意见。"

"是标本吗?"

"不,不是的……"

"是人鱼吗?"

"不,不是。我也没弄懂,那是张照片。"

"是 X 光的照片?"

"不,不是的……"

"那你是如何知道那骨骼的构造呢?"

"因为那骨骼是烧过的,烧焦了的。烧得只剩下骨架了。一副骨架。就这么张照片。"

"只有骨架?"御手洗双眉紧锁。

"是的。一根背骨串到底的。"

"只有骨架……那是什么样子?"

"是的。笔直的一根。"

御手洗听罢默默不语,思考了片刻。

"你能确定吗?"

青年点点头。

"千真万确。我也是行医的。这一点不会搞错。"

"那骨架是人鱼的?"

"是不是人鱼搞不清楚,因为没有肉。那到底是什么呢……不过,跟在这里偶然看到的那个怪怪的标本非常像。如果把那张照片上的骨架加上肉的话,我觉得应该是这个样子的……"

"那骨架本身会不会是人造的?"

"那就不得而知了。那样做又有什么意义呢?"

"如果世界上有这种人鱼标本的话,那肯定是有两种动物合成的,不可能是真的。因为世界上根本不存在人鱼。"

"我也这样想,所以感到不可思议。"青年说道。

"所以,这样……"

"如果那根背骨从头到尾是完整的一根的话,那说明不是人造的。你说的那家伙究竟是什么还不得而知,反正是生物。"

青年点了点头。

"是的。是这样。"

"那,有手吗?"

"有。"

"有肘关节和手指吗?"

"有,我看得很清楚。"

"手指有几根?"

"有五根,或者更多……"

"下半身呢?"

"有鱼鳍,如上面有肉的话,可以想象那是一根筒装的……"

"那根鱼鳍是从头到尾完整的一根?"

"是的,是那样。"

"有多大?"

"很像那个标本。我觉得大小也差不多,但不确定,因为没法实际对比。只不过是根据照片估计……"

青年张开两臂,比划着尺寸。那间隔大约有一米左右,或者更短一些。

"那并不是很大呀。"御手洗说。

"挺小的。"

"比人要小?"

"是的。所以我觉得像个小孩……"

"那张照片是他亲手拍的?"

"是的。他说也搞不清楚这是什么,所以拿给我看……"

"他是在哪里拍的?"

"在柏林,二战时的柏林。那位老人告诉我,他年轻的时候,作为苏联军队的一员,曾参加过攻占柏林的战斗,还曾经撬开滕贝尔霍夫机场下的地下要塞,还进去过。"

"他说过地下设施里面全被烧毁了吗?"

"是的。听说那里面一部分是军事研究所,里面有大量可燃物,被纳粹全部浇上了汽油,大火连续燃烧了将近一个星期。大火熄灭之后,他们进去调查的时候,发现了这个东西,他就用自己随身携带的照相机拍了下来。"

"噢……"听了这番离奇的讲述,御手洗沉吟不语。

"听说那里面有一个大水池,所以那些被烧过的鱼一样的残骸,肯定是那个水池里养着的水生物。"

"会不会是儒艮的遗骸?"

青年摇摇头,像是在否认。

"儒艮没有五个指头。"

"对那具残骸,老人自己怎么认为?"

"没有。他说完全猜不透。只是觉得奇怪,就拍了那张照片。"

"那具残骸后来怎么样了?"

"老人说,大概被连长带回了莫斯科。由于担心一动就散架,就让他先拍下了照片。后来的情况就不得而知了。说是骨架,实际上不过是一堆烧过的碳棒罢了。"

"那位老人现在还活着吗?"

"我是四年前见到他的。那时候他已经中风了。你想,他能怎样呢？那个时候他已经年逾九旬，说话都不怎么利索了……但是老人并没有其他大病，只是年事已高。"

"他本人住在哪里？"

"他说是住在库尔斯克的郊外。"

"他的住所和姓名能查到吗？"

"如果问一下一同出诊的同事，大概能查到吧。我记得，老人的名字好像是叫奥伯尔或是奥帕林……这类的名字。需要的话，我再回忆一下，兴许能记起来。需要吗？"

"下周我请个假，去基辅办点事儿。如果能见到他的话，我想绕道去一趟库尔斯克，我也想亲眼看一下那张照片。"

"下周是吧？"青年听罢，有些吃惊地轻声反问。

"事不宜迟。"御手洗斩钉截铁地回答。

4

可是住在库尔斯克的那位弗拉基米尔·奥帕林却迟迟联系不上。尤里从医院的同事那里打听到老人的电话号码，找到了他的住所，得知老人已经搬家了。后来从老人的亲戚那里打听到，老人现在搬去跟儿子儿媳住在一起。不过，据说他的那个家就像电影《德尔苏乌扎拉》里描述的那种在深山老林里与世隔绝的孤屋，根本没有电话。这一切搞得御手洗一头雾水，更激起了他异乎寻常的好奇心。于是，一周后两人出发飞往基辅，又转乘火车赶往库尔斯克。

老人所住的那个奥帕林家,位置很偏僻。他们下了火车,又转了好几趟巴士,最后一程甚至还搭了个顺风车。他们费尽周折找到森林里那所木房子的时候,太阳已经偏西了。放眼望去,四周的景色无可挑剔。极目远眺,视野之内看不到半间茅屋,更别想找什么旅馆客栈了,搞不好他们甚至可能露宿街头。

两人千里迢迢费尽周折,结果却令他们大失所望。弗拉基米尔老人两年前已经离世了。尽管极其失望,御手洗他们还是不动声色地询问起老人当年在柏林拍的那张照片的事情。老人的儿子和媳妇说,他们对此一无所知,也不感兴趣。那些贴满二战老照片的一本本影集和那一捆捆照片,原来装在破旧的纸箱里,他们觉得扔了可惜,就于一九九九年春天一股脑儿全部捐赠给了库尔斯克市图书馆。

于是,御手洗他们第二天一大早就告别了奥帕林一家,搭便车赶回市内,找到了市图书馆。他们向图书管理员要求查阅一九九九年的捐赠记录,得到的答复是,没有弗拉基米尔·奥帕林先生捐赠的二战老照片的记录。再追问,他们也无动于衷,最后这件事也就无果而终了。

这次旅行一无所获,御手洗也无心直接回斯德哥尔摩,假期也还没有结束。尤里说他想回基辅老家看看。于是两人在库尔斯克火车站分了手。御手洗决定利用剩下的假期一个人回趟柏林。他是想乘着西行的列车,一边欣赏沿途的陆路景色,一边静心梳理一下最近发生的这些事。

到了柏林,御手洗在库单大街旁找了家宾馆。放下行李,他用电话预约了见面时间,然后开始徒步前往柏林地下协会的办公室。已经有好久没来柏林了,城市的变化之大令他瞠目。

地下协会的办公室设在地铁车站内的一个角落里。在那里,御手洗见到了协会的发起者之一的莱纳·雅尼克。他戴着眼镜,蓄着胡子,一脸憨厚相。御手洗介绍了这几天自己路途中的所见所闻,并请求他协助。莱纳对此颇感兴趣,并自告奋勇地带着御手洗参观滕贝尔霍夫机场的地下设施。

于是他们迅速走上地面,开着车行进了大约一站地铁的距离,来到道旁的一座电梯口,两人顺梯而下,再次进入了地铁入口。接着他们继续往地下通道的深层走去,然后乘上一条只能容下两人的独木船,顺着下水道向前划进。柏林下水道里的水并不太脏,也没有异味,使人觉得像进入了一条暗河。

这景象感觉就像是在地下探险一样。到了目的地,莱纳停下船。两人把小船拖上岸边的辅道,然后从排水管进入了一个巨大的房间,那里面有着一个很大的池子。走进去一看,里面已经按照协会的要求通了电,按动开关,几架防水灯便悄然亮起来。大水池跟水产试验池差不多,面积很大,顶棚也很高,看上去像座体育馆。后来御手洗对我说,他当时一见此物便异常兴奋。

现场像是被协会的会员们清扫过,池底和池壁的瓷砖很干净。但五十年前曾经被火烧过的痕迹还是清晰可见,墙壁、地面、顶棚上到处都是黑黑的熏迹。

地面上残留着金属桌子、只剩下骨架的转椅和沙发,还有无数张屏风散落其间。桌子上空无一物,连简单的显微镜和一根试管也没有。既没有打字机的残骸,也没有一本相关的书籍,更没有宗卷和胶片的残迹。

这里原来是研究所是毫无疑问的。御手洗见识过全世界形形色色的研究所,凭感官他就能拍板定案。但这里现在空空如也,连一张纸一张照片也找不到,无从推测从前这个研究所的研究内容。这里的一切都付之一炬了,剩下的只有浮尘和碳灰混合的积尘,厚厚地积满桌面。

御手洗觉得,这里被烧得一干二净,与其说是逃走的德军焚尸灭迹放的火,倒不如说是后来进入调查的苏军最终完结了这里。毋庸置疑,逃跑前的德军肯定是仓皇席卷了一番,但是那时候已经火烧屁股,根本没有时间善后,应该遗留下不少东西。后来的苏军有组织地将他们认为有价值的有兴趣的研究资料,统统运回了莫斯科,用于分析研究。

那个池子的池底很深,结构由深渐缓。桌子和沙发的残骸横七竖八堆放在池对面,瓷砖砌成的凸凹不平的池壁,由池底到岸边缓缓升起。这种造型的池子以前从未见过,就像供儿童玩耍的水池一样。

接着,御手洗在莱纳的引导下继续参观。安装的电灯根本起不到作用,有时他们还要借助手电筒来分辨眼前之物,一路下来膝盖都疼了,最终也没能窥其全豹。即使有什么遗留物品,大多也早被破坏殆尽,或被厚厚的积尘和煤灰所掩埋了。设施内相当一部分残留之物都是这种被掩埋的状态,要想彻底挖掘出来彻底研究,首先要解决的是人力、物力、财力。

莱纳告诉御手洗,这本来应该是国家办的事,应该由德国政府按照战后处理和补偿事业来办。他们也和现政府进行了交涉,准备由国家和地方自治组织拿出预算,由这个组织代替政府进行发掘,那么不久的将来,这里肯定能恢复全貌。

但是这件事重重受阻,耗费财力人力且不说,劳心费神调查的结果或许还会给国家的名誉带来负面的影响。不但出力不讨好,还会扯出强抓劳工等的补偿问题,结果可能是自找麻烦。所以,市里和政府部门对这件事推诿扯皮迟迟不动,最终也没见拿出预算,还说这件事是多此一举。虽然他们嘴上冠冕堂皇,其本意则是想拖延调查,等这些当事人随着时光流逝渐渐死光,这件事也就无从查证不了了之了。

莱纳告诉御手洗,自己身为混凝土方面的考古专家,一定能够把这件事搞个水落石出。一旦揭开了谜底,他会将其公诸于世,这是上帝赋予自己的神圣使命。

这一天的探索,对御手洗来说,最令他感兴趣的不是那个池子,而是大厅旁边的那间窄小的办公室。这里当年也被大火吞噬过,但是看上去没有外间烧得那么严重,大概是火烧时房间密闭的缘故,室内烟熏的痕迹稍轻一点。墙上贴着的报纸依稀可以看清有纳粹的标志,还有德军在北非战场获胜的捷报。

钢制桌子的旁边有一排金属柜子,打开一看里面是一排排整齐的金属板。拔出金属板一看,每张上面都刻着人名和住址,也就是说每一张上都有一个人的个人信息。

如果这是纸质的,上面刻的人名地址早就付之一炬不复存在了,因为整座地下设施都被大火焚毁殆尽。但精细的德国人在每一张金属板上都刻了人名地址,所以尽管历经大火吞噬和岁月磨难,金属板已锈迹斑斑,但内容仍依稀可见,完全能够辨明读懂。

他试着读出那上面的名字,多是外国人名。所谓"外国"就是指德国以外的国家。每个人名之后,刻着他们的住址,是波兰、丹麦、挪威的城市名、街道名和门牌号。

御手洗再次仔细对这个柜子查看了一番。柜子并不很大,令他没有想到的是,这里收存的是战争时期在这所地下设施内工作过的全体人员的名字和地址。他连忙问:"其他房间里还有没有这种柜子了?"

"有,但是柜子里面没有这种刻有名字的金属板。"莱纳和迪特玛尔发现这儿的时候,别的柜子里已经空无一物,砸开看,里面是大量的碳,原来里面的文件早已付之一炬了。

推断起来,这间带池子的大房间应该是研究设施。那么,这些金属板上的名字,可能就是那些在这里从事研究的专家,或者是那些为研究服务的助手们的名字。

这里的金属板上刻着研究者的名字,就说明在这里搞的研究很重要,而且其内容十有八九是不可告人的,预先下了封口令的,甚至可能是惨无人道的。当局担心发生意外,所以绝对不允许研究人员与外界联系。

这也就意味着,绝对不能将这里的秘密泄露给敌方。这些刻在金属版上的人名,不可能是那些有家有口的人自己刻的,而是管理他们的人干的。他们早就预想到了,一旦遇到空袭或火灾,这里所有的文件十有八九会化为灰烬。

御手洗又问:"这些名单都调查过没有?"

"眼下,名单已经誊写完毕,尚未开始跟踪调查。原因是缺乏专业人手,还有就是资金不足,没钱进行。有关组织层层阻挠,担心调查出对他们不利的东西。"莱纳道出了实情。

回到地下协会,御手洗借来了那份从金属板上誊抄的名单,拨通电话,通过各国的电话局,单方查询名单里的姓名和住址。御手洗心里暗自庆幸,得亏那个刻着名字的金属板,才使得他时隔五十年还能找到与其相关的只鳞片爪。如果那个名字不是刻在金属板上,那调查可就无从谈起了。上面刻的那些名字,就连当年那些刻字的管理人员,也未必会料想到它今天的作用。

那些相关人员守口如瓶是可以想象的,这种事在二战时期是司空见惯的。更何况,研究纳粹给犹太人带来的灾难还会涉及当事人尚健在的遗属。事到如今,虽说已经时过境迁,但仍具时效。另外,从法律层面讲,追究纳粹的罪行是没有时效限制的。

在宗教国家,人们往往会在临终前,将自己心中的秘密公诸于众,以求得神的宽恕,坦坦荡荡地进入天堂,因此很多人不愿意将之带入坟墓。但是,毕竟是时代久远,即使根据地址找到了现在的电话号码,打过去偶有接通,那些金属板上的人也大都已经死亡,或者下落不明。偶尔遇到接电话的是本人的亲属或后代,当询问他们这些事的时候,得到的要么是老人已经搬走了,要么是老人已经住进了老年公寓。尽管如此,御手洗心里还是燃起了希望的星火,他决心顺藤摸瓜找下去。他心里明白,这些重要的当事人越来越少,现在开始调查已经有些来不及了,如果再早几年兴许希望更大些。

御手洗回到宾馆,照着借来的名单,逐一打电话,一直忙到深夜。东柏林的街道上公交车方便得很,他原本很想到街上走一走,去看看希特勒自杀现场的遗址,但是现在已经没那份闲心了。第二天,他在房间里拨了一整天国际长途,真可谓是夜以继日废寝忘食。他一共拨了几十个人的电话,令他吃惊的是,接电话的没有一个是当事人本人。

他有些睡意,这时才感觉到有些饿了,就叫了房间送餐,匆匆填饱了肚子就草草睡去。第二天他早早起床,又开始拨电话。就这样一直忙到第三天,快接近名单最后了,时间眼看着也已经逼近新的世纪了。调查无果,他有些灰心丧气,正准备鸣金收兵,突然听筒里传来一位老人的声音。老人口齿不清,说话呜呜啦啦,但确实是名单上的当事人本人。老人的名字叫亨里克·戈尔特施密特,住在华沙的马尔夏科夫斯卡大街二二〇一号。

老人总算开口说话了。也难为他了,毕竟是耄耋之年,他的耳朵有些聋,必须扯着嗓门儿大声喊他才能听得见。但是对御手洗来说,一点也不觉得麻烦和辛苦。他千里迢迢,又跑俄罗斯,又来柏林,一连拨了三天电话,总算从大海里捞到针了。

"我现在是从柏林给您打的电话。我是从瑞典斯德哥尔摩大学来的,想拜访一下戈尔特施密特先生。向您打听点事儿,一会儿就行。明天我就出发去您那儿。您能见我一面吗?"御手洗提出了自己的请求。打这通电话真是费了九牛二虎之力,老人耳聋,加之一点儿也不懂英语。幸亏御手洗有些语言的天赋,会讲简单的波兰语。亨里克老人操着浓重波兰口音的德语,用德语好歹可以交流了。

老人问御手洗:"你想打听什么事?"

这下让御手洗犯了难,他不想欺骗老人,就照实说了:"想向您了解一下滕贝尔霍夫机场地下那座军事研究所的事。"

对方一听是为这事,就更不愿意多开口了,干脆给他一个闭门羹:"关于这件事我无可奉告。"

"可只有您是知情人。您如果沉默下去的话,事件的真相就永远无法公之于众。有些事您不想提可以不提,请您务必和我见一面。"御手洗穷追不舍。

"不能公之于众的事多着呢。"老人冷冷地回了一句。

没有一个人愿意回忆那个悲惨年代里的那些刻骨铭心的往事,他们大部分人都是郁闷惆怅,因为这唤起了他们无尽的憎恶,除了憎恶,还是憎恶。

"你是从哪里得知我的姓名的?"老人开口问我。

"在研究所办公室的文件柜里,有刻着您名字的金属板。"御手洗如实回答。

老人听罢,声音变得晦涩低沉:"我只是那里的助手,具体的研究内容我真的一点也不知道。"说到这里,老人的声音听起来像是近乎痛苦的呻吟。老人不想再讲下去了,准备挂断电话。

这下御手洗急了,他顾不得那么多,决心豁出去。他告诉老人:"我自己也是个医学专家,专门研究克隆问题的,研究发育生物学多年,可以对您多年前的疑问进行正确解答。"

严格地讲,这种说法并不正确。御手洗是专攻脑科学的,并非发育生物学。但是,实际上他对这方面的学问也颇有些研究,说这话也非空穴来风。他的心里早就猜出个十有八九,当年的那座研究所研究的课题,按当今的说法应该属于发育工学范畴。虽说老人不是这方面的专家,但他能够被强征去做辅助工作,就不可能对研究的内容一无所知,包括那些专家们的操作意图、目的……所以,御手洗看得明白,于是他单刀直入直奔主题,直接扯到了专业的问题上。

谈及滕贝尔霍夫机场的地下设施曾经发生的事,即使面对兴趣盎然的行家,老人心里肯定也是不愿回忆,更不愿意谈起。如果一门心思刨根问底,有可能会让老人误认为御手洗图谋不轨,但是以医学专家的身份谈话,气氛就缓和许多。兴许还真的能解开老人心中郁积多年的疑团。老人已是耄耋之年,自知来日无多,见上一面也是千载难逢,这对他来说也是一种诱惑。

果然,老人的态度出现了转变,不再是原来那种躲躲闪闪,话语中带着犹豫。他沉默了片刻,终于开口了。

"你是个医生?"

"是研究人员。"御手洗从容应对。

"以前他们在柏林搞的那些研究,你多少应该知道一些吧?"

"知道一些。"御手洗顺水推舟地应声答道。他显然是在说谎,但事到如今,他已经无计可施,只能是连猜带蒙。

"你以前来过华沙?"老人继续发问。

"以前只去过一次。"御手洗如实回答。

"明天你能来?"老人问。

"现在马上出发也可以。"御手洗趁热打铁地回答。其实时间还早,完全来得及。现在立刻出发去乘火车的话,从柏林到华沙,顶多也就五百公里的距离,傍晚时分准能赶到。

"今天晚上,孙子们来我的公寓看我。平时都是女儿照顾我,她也盼着这个时刻呢。咱们明天见吧。你知道老城中心广场的那座美人鱼雕像吧?"

老人这番话,着实让御手洗吃惊不小。"美人鱼雕像?"他吃惊地反问了一句。他这还是第一次听说,华沙也有一座美人鱼雕像。

"那是华沙的象征。"老人解释说,"你没有听说过?"

"我只到过华沙大学。"御手洗说明缘由。

"那雕像在维斯瓦河附近,居里夫人故居的旁边,在华沙人人皆知。这里的美人鱼可是一手持剑一手持盾的英雄,跟丹麦的那座美人鱼完全是两回事。咱就在那前面见……明天早上七点整,怎么样?那是我平时散步的时间。"

听了老人的这番话,御手洗喜出望外,忙不迭地一口答应下来,接着是他一番深情的祝福,最后挂断了电话。此时的御手洗,心里不自觉地反复默念着见面的地址。

5

御手洗当天就从柏林出发,在华沙中央车站下了车,找了家饭店住下。由于连日劳顿,他早早就睡下了。翌日,天刚蒙蒙亮,他就起了床,迎着清晨的薄雾,在维斯瓦河边散起了步。

这条河决定了从前华沙起义的悲剧。御手洗扶着顿布朗斯基桥的栏杆,俯瞰饱含着历史沧桑的河面,然后他又漫步老城街道,径入王宫广场。

广场的北部有一座起义纪念碑。二战初期,纳粹偷袭波兰,波兰投降,随即被德国占领。到了战争末期,苏军在各地大破德军,长驱直入华沙城。

华沙市民瞅准这个歼灭德军的大好时机,纷纷起义。市民们利用华沙城里的下水道,勇敢地展开了游击战,一度解放了市中心部分地区,但是苏军在维斯瓦河对岸突然停止进攻德军。起义军孤军奋战腹背受敌,连人带城陷入绝境,最后血流成河,战死者竟达二十万之多。

华沙这座历史悠久的古城化为了一片废墟。战争结束后,市民们自发地收集起那些砖块瓦砾,照着原有的建筑恢复了城市的原貌。朝阳从石头楼房上方露出了笑脸,阳光渐渐洒满了市民广场。由于是星期天,广场周围开始陆续搭建起了各种各样的摊位,有卖菜的,有卖工艺品的,有卖画的。一手持剑一手持盾的美人鱼雕像雄赳赳地屹立在这些错落有致的摊位群中。

御手洗走近了那座美人鱼雕像。他一眼望见一位手扶雕像底座孤零零站在那里的老人。两人的目光不约而同地交汇到了一起。老人拄着拐杖,个子不高,蓄着短短的白胡子,背稍微有些驼。御手洗走近一问,老人果然就是那位他要找的亨里克·戈尔特施密特。本以为这位耄耋老人外出会有人陪同,结果却令御手洗感到意外,老人是一个人来的。老人说,平时他总是一个人上街。他指指那座美人鱼雕像风趣地说,就像她一样。

"这个美人鱼是战士吗?"御手洗不解地问。

雕像上的美人鱼,左手持盾牌,右手挥舞着一把长剑,高高举过头顶。这与其说是美人鱼的雕像,不如说是一座胜利女神的雕像。女神雕像在欧洲各地随处可见,唯独华沙的雕像被设计成了美人鱼的形象。

老人听罢,点了点头:"所以说,她是华沙的象征。"

"你知道,二战期间波兰人死了多少吗?"老人接着问道。

御手洗摇了摇头。

"战前,波兰总人口有三千五百万,战后减少到了两千三百万。战死者只是其中的一部分,大部分是被送到奥斯维辛那样的集中营杀害的。你以为那些被杀害的都是犹太人吗?不,其中还有很多是反纳粹的活动家、四处漂泊的吉普赛人,还有共产主义者。"

御手洗听罢,点了点头。

"这就是波兰历史。这里是一座不断与入侵者战斗的战争之城。那些侵略者来自北方、南方,还有东方。他们每次入侵,就会有无数的波兰人惨遭杀戮。不光是纳粹,之前还有拿破仑,更早的时候还有蒙古人。

"你知道吧?还有从东方那里来的统治者。他们的军队比纳粹和拿破仑要凶残多了,一路上杀人如麻,北欧的大部分地区都曾遭到过他们的蹂躏。他们最初杀害的欧洲人,就是我们波兰人。"

御手洗只是默默地听着,不时跟着点头。

"直到那时候,欧洲才从中世纪的睡梦中惊醒。那是一二四一年的事。至今在莱格尼察还有同蒙古人打仗时战死者的纪念碑。在克拉科夫,每年六月都举行鞑靼人的莱克尼克游行,模仿当年蒙古人入侵的场景。可见,入侵者当年给受害民族的伤害是多么铭心刻骨呀,从某种意义上讲,他们比纳粹要残暴得多。当时波兰首都是克拉科夫。克拉科夫在二战中神奇地躲过了纳粹的蹂蹦,但在当时蒙古人入侵时却惨遭屠城,片瓦无存。从那以后,克拉科夫就一蹶不振,至今还保留着当年的样子。"

"俄罗斯也很类似,蒙古人入侵以前的首都是基辅。"

"沙俄和苏联拥有那么广袤的国土,那都是从蒙古帝国那里继承来的。俄罗斯人在卑躬屈膝中逐渐强大,后来赶走了蒙古人,自己成了统治者。"

"都是因为人类发明了火炮的缘故。"

"的确如此。"

"据说乌克兰人是蒙古人和俄罗斯人的混血。"

"确实如此,乌克兰人十有八九有那个血缘。'乌克兰'三个字就是源于蒙古语'边寨'的意思。莫斯科的克里姆林宫也是源于蒙古语的'要塞'之意。"

"这座华沙的美人鱼又是从哪里传承而来的呢?"

"这要从华沙的发祥说起啦。从前这里荒无人烟,住着一对贫穷的渔民夫妇。他们住在维斯瓦河畔,终年以捕鱼为生。一天早上,他们网到一条美人鱼,下半身是鱼,上半身却是漂亮的姑娘。

渔夫把她带回了家,她就日夜不停地祈求将她放归河里。渔夫动了心,便将她放回了维斯瓦河里。从此,渔夫天天满仓而归,日进斗金,安居乐业。于是,渔夫家附近的人越聚越多,建起了一座座宅院,后来成了城市。这就是华沙的由来。"

"原来如此。"

"这对夫妇,丈夫名叫华斯(Wars),妻子名叫沙娃(Zawa)。于是这里的地名也被称为了华沙。"

"噢。"

"丈夫的名字跟英语的战争(Wars)一词发音相同。预示了这里从此屡遭战祸。"

说到这里,老人风趣地笑了起来。

"到河边去好吗? 那里有长椅。"

"那太好了。"

两人穿过喧闹的早市,回到顿布朗斯基桥附近,在河旁绿茵上的一条长椅落座。从这里可以欣赏到维斯瓦河的河面。这就是那条美人鱼从前栖息过的地方,真是令人难以想象。

"你想知道滕贝尔霍夫机场地下的那座秘密军事研究所研究的内容?"老人望着御手洗问道。

"是的。"御手洗点头回答。

"你是说,那里的金属板上刻着我的名字?"

"我是说过。"

"上面的名字,你都打过电话?"

"我连续打了三天电话。但接通的只有您一位。"

老人默默地点点头。

"是呀。已经过去将近六十年了,活着的不多了。那些事儿将会带入坟墓,永无人知。那些惊人的秘密。"老人感慨万千。

"你是说那些可怕的实验?"

"是的,的确可怕。尽管我没有看到全貌,但是那种违反人伦的实验,简直令人无法想象。真的很吓人。"

老人两眼凝视着河面,默默无语。

"能开口的,只有我一个了。那时我刚刚二十八岁。其他的人都比我大。他们都离开这个世界了……你了解这个秘密打算做什么?想将其公之于世?还是想召集新闻记者或电视台的人来质问我,谴责我?"

御手洗直截了当地摇头否认。

"您想到哪儿去了,戈尔特施密特先生。我衣食无忧,更不缺钱花。我有一份很好的工作,而且很忙。柏林地下协会的莱纳·雅尼克虽然帮过我的忙,但是如果需要的话,我也可以对他守口如瓶。我可以做到,把这个秘密带到坟墓里去。"御手洗直抒胸臆。

老人仍然沉默不语,看来他还是半信半疑,犹豫不决。

"你都知道些什么?为什么来找我呢?"

于是,御手洗把来龙去脉告诉了老人,此事皆因当初弗拉基米尔·奥帕林在地下设施里拍的那张奇怪的动物骨架照片而起。那副骨架看上去被火烧过,上半身有胳膊和手指,下半身有鱼鳍,还有一根完整的脊骨,令人猜不透是什么动物。听到这里,老人终于开口了。

"我不是纳粹分子,始终也不信奉希特勒,只是一介无知而善良的平民,我爱我的祖国波兰,尽管她惨遭纳粹的蹂躏。我当时在保健局上班。那时候我家里很穷,上不起医学院。迫于生计,我总想为捍卫祖国做点贡献。我想做一名看护,去救护那些战场上负伤的勇士,于是便进了卫校的速成班,成了一名卫生员。后来,纳粹接收了保健局,就把我带到了柏林。"

老人沉默了片刻,又继续说道:

"我是第一次跟人提起这件事。我心里一直在矛盾,该不该把这件事告诉别人,多少次我自己问自己,一直举棋不定,最终我还是下决心沉默下去。也没人来问我,假如我告诉别人,人家也未必相信。这件事会伤很多人的心。现在能说出这件事,某种意义上说也是幸运。也许这都是神的意愿。尤其是你我是同行,都是从医的。你说是吧?"

"是的。"

"我相信我的直觉,也许你是最合适的人选。不过,我有个要求,要事先对你讲清楚。"

"什么要求?你说吧。"御手洗连忙说道。

"我现在说的,这都是五十几年前发生在柏林的真人真事。希望你在我离开这个世界之前,不要告诉任何人。"

御手洗听到这里,赶紧点头。这样就不会让老人担心了。

"我曾经参与过那个卑劣的实验,尽管我是助手,而且是被逼无奈……当时我也只能任人摆布,即使心里极不情愿,心中暗暗地在忏悔。那个年代,换了你也肯定会和我一样。我不想推卸责任,因为我已经风烛残年来日无多,现在既没有体力去赎罪,也没有气力去接受新闻采访,更不想给照顾我的家人带来麻烦。就这些,咱们做个君子协定。如果你做不到的话,我就不说了。"

"我保证做到。"御手洗信誓旦旦地答应道。

"我不想去爆料新闻,也无意以借此出名,或者去拿什么诺贝尔奖。我只是好奇,想查个水落石出,那到底是什么动物。之前都是凭着直觉去推理,现在我只想知道个究竟。"

"推理?那你是怎么推理的呢?"

"发现DNA是战后的事。发现螺旋结构、揭示动物和植物降生后,如何确定子代和亲代的亲生关系?有无结构设计图?如果有的话,是个什么样子的图?又在哪里呢?一九四〇年代,即使当时德国的生物学家和遗传学家对这个课题的研究达到了世界先进水平,他们肯定也不可能解决上述问题。"

"嗯,是的。他们的确没有掌握这些。在那个地壕里……确实没有。正如你所说的那样,当时那个地下设施里聚集着几乎全德国的医生和科学家,他们掌握着世界上最尖端的信息和知识。但是,他们远远没有掌握这些。对于那些生命的秘密,他们跟现在的我一样无知。

"但是,他们获得了权限,进行那种世界上亘古未有、将来也不可能获准的、违背人伦道德的实验。那个时期有好几年,在柏林的地下,他们获准随心所欲为所欲为,在实验台上任意屠杀那些被视为人下人的犹太人。"

御手洗点头,果不其然,自己的猜想得到了验证。

"在那座地下设施里,恶魔们获准肆意实验人类的那些科学狂想。但是……"

老人欲言又止,双目凝视着河面。

"那是一项什么实验?他们的目的是什么?实际上进行了些什么?我几乎一无所知,说不出真正的答案。也不光是被禁止看到全貌的原因,当时我也不具备全面的医学知识。因为,当时我也跟那些犹太人差不多,也是从被占领地区强征过来的,不过是个俘虏而已。"

"即使没掌握生命的秘密,他们也可以做实验。那里面到底都有什么?"御手洗穷追不舍地问。

"他们从柏林动物园里运来了各种各样的动物,然后打上麻药,进行解剖。"

"那些动物后来都怎么样了?"

"没有东西可以喂食,他们就下令将这些动物杀掉。"

"都有些什么动物?"

"应有尽有。有大猩猩,有黑猩猩,有红毛猩猩,还有牛和猪……"

御手洗听到这里,打断了老人的话。

"里面有个大水池,也有水生动物喽?"

"有。有海豚。被解剖了,摘出了内脏。"

"那您当时都做了些什么?"

"他们不让我做太多,只是注射麻药,然后让我将那些动物搬来搬去,做的都是一些解剖前的杂活儿,所以我只能算是个打杂的,只能唯命是从。"

"原来如此。"

"有时候我也给那些动物注射氯化钾……"

"给人也注射?"

"真是造孽呀！偶尔也给人注射。对那些麻醉后被活摘器官的人来说,让他们长眠不醒,也算是一种慈悲了。而且,谁都无法上前阻止。"

"就是因为这个原因,他们才把你从这里强征到柏林去的吗?"

"有一天,有个穿军装的人,来保健局找到我,问我会不会注射。我就随口说会,他二话没说就把我带到了柏林。他既没有让我考虑一下,也没让我准备什么。那人只要求我服从。氯化钾能使心脏停止跳动,我是知道的。但是,我又能怎么办呢……"

"也解剖过人吗?"

老人听罢点点头,看得出他的神色冷峻了许多。

"是的,都是些犹太姑娘。她们一个个被切开腹腔,摘出内脏。"

"摘出的都有哪些部位?"

"这个不知道。因为德国人不让我们看。"

"取出来的器官,又做了什么呢?"

"分析,用显微镜分析,好像是在做什么加工。不知道在做什么……"

"然后呢？"

"不知道。但是……"

"但是什么？"

"我注意到，关在这里的那些犹太姑娘的肚子一天天大了起来。真是不可思议呀。在这里根本不可能有人单独接触到这些姑娘。德国人原来是在实验通过药物搞人工妊娠。"

御手洗听得目瞪口呆，身不由己地频频点头。

"人工妊娠，不是只用于人，也给那些雌性动物做，比如那些母牛母猪什么的。我当时搞不懂他们搞这些实验干什么。那里没有任何雄性动物，根本就不可能通过交尾来完成。"

御手洗点点头。老人转身朝着他说：

"是用什么人工方法使她们怀孕的？"

御手洗还是点头不语。

"那个时候他们就已经掌握了人工妊娠的技术了吗？"

御手洗再次点头，接着发问：

"方法是有，可怀孕这件事能那么简单？"

"克隆羊多利是经过了近三百次试验，才最后着床的。"

老人听罢，有些嗔怒：

"你说什么？克隆？你是说他们在做克隆实验？"

面对老人连珠炮似的发问，御手洗摇了摇头。

"那肯定不是。克隆的理论是在 DNA 发现以后才出现的。即使再聪明的天才，在那个年代也是不可能做到的。"

"说的倒也是。"

"至于怀孕,当时有没有做更直接的实验呢?"

老人听了御手洗的问话,沉默良久,开口说道:

"我不喜欢妄下定义,但那不过都是传言,我自己也没有亲眼目睹……"

御手洗一边点着头,继续洗耳恭听。

"我听说,他们让大猩猩或者红毛猩猩跟那些姑娘交配,然后等待她们怀孕。但是,听说最终没有成功。"

"原来如此,那就是之前您所说的那个实验?"

"我想是吧……"

"不会错的。他们凭着猜想下手,用各种实际的方法进行试验论证。他们的目的我们基本可以搞清楚了。"

"那他们采用了什么实际的方法呢?"

"是啊,我也纳闷。"

"那究竟是什么方法,他们又干了些什么?"

"您不是说过他们解剖动物吗?"御手洗问道。

"是的。"

"我看,恐怕他们进行的是现在发育工学里所说的那种嵌合体合成吧。"

"嵌合体?"

"是的。"

"那是种什么东西?当时我的那些同伴都干了些什么呢?把

人或者动物解剖以后,又取出了什么器官呢?"

"是卵巢吧。"御手洗脱口断定,"没错,肯定是。"

"卵巢?"

"是的。如果解剖的是人,那摘出的就是卵巢中的卵子。"

"卵子?人也有卵子?"

"当然有了。不过,人的卵子只存在于女性身上,也只携带了母体上一半的遗传基因。"

"就像鸡那样吗?"

"胎生是后天获得的资质。因为供氧不足,从数十亿年前开始,人类的祖先就演化成通过受精卵来繁殖人类。"

"噢,他们实验什么?"

"用红毛猩猩直接做的实验没有成功,他们就试着实验合成其他动物与人的混合基因体。"

"你说的是什么?有什么方法吗?"

"理论上当然有。不过他们用的是最原始的办法而已。"

"怎么做?"

"在显微镜下,从采集到的卵子中提取卵子的核。"

"提取卵子的核?"

"就是说,提取出女性一方的DNA,然后在其初期胚胎阶段,与其他他们想杂交的动物细胞混合,再植入母体内,用电击等方法刺激其细胞分裂,最后放回女性的子宫里,使其着床,在子宫里培养胎儿,等三十八周后,生育出他们想要的新动物。"

老人听到这里,惊得目瞪口呆:

"能生出什么呢?那生出的又是什么呢?"老人喃喃自语。

"生出的是杂种。将两种不同的动物混合成一种。"

"有这种事儿?"

"理论上是可行的。至于能否长期存活,能否继续传宗接代,那就另当别论了。在同类动物中将个别的不同细胞混合,放回子宫,待其妊娠发育,就是克隆的过程。但是,这种着床的成功率很低。罗斯林研究所培养出的多利克隆羊就是一例,克隆虽然成功了,但就像客迈拉一样,繁殖率很低很低。"

"客迈拉是什么东西?"

"客迈拉是希腊神话里的一个怪兽的名字。它长着狮子头,山羊身子,蛇的尾巴。这里说的不是一个受精卵反复分裂衍生出的个体生物,而是如植物嫁接一般,根据身体的个别部位进行不同遗传基因的组合而衍生的个体生物,也就是人们所称的混合种。"

老人听得目瞪口呆。

"原来那就是半人半兽……"

"一点儿不错。"

"真是令人难以置信……那就是说,他们将那种组合过的卵子植入那些犹太姑娘的子宫里,是吗?"

"他们肯定在你不知道的地方,给她们杂交过了,否则她们不会怀孕。"

"五十年以前他们已经做了那种实验了?"

"这不过只是一种比较单纯的想法,尽管他们还没有发现DNA和遗传基因,只是搞实验而已。他们也没有考虑到免疫方面的问题和抗原方面的问题,这种狂想无论在任何时代都可能发生。"

"但那可是被禁止的……"

"说得没错。无论在任何时代,这种实验都是不会获准的,也不可能获准。但是在纳粹统治下,对犹太人实行的是种族灭绝政策,这种丧尽天良的行径,确实是极有可能存在的。因此,只有在那个时期的德国,这种恶魔的妄想,才会付诸实验。"

"疯狂科学家。"

御手洗点点头:"他们不止一个人,而是一大群人。"

"可他们究竟为什么要进行这种骇人听闻的实验?搞那种半人半兽?究竟是为什么呢?"老人叹口气说。

"纳粹是想制造一种新的兵器吧?"御手洗推断说。

老人听罢,沉思了一会儿,然后慢慢地点点头。

"兵器……是的,是啊,是兵器。啊,一点儿也没错。因为,那个研究所就是专门研制尖端武器的。可那混合杂种呢?让那些犹太姑娘怀上杂种,怎么能成为新型武器呢?"

"那些姑娘只是被当成实验的材料,她们受到的是什么待遇呢?"

"监狱就设在地下设施里的一个角落里,在从研究所往走廊稍微往里一点儿的地方,里面有床,环境也不是很脏,但那些姑娘始终被一丝不挂地关在里面。她们下腹部鼓鼓的,乳房膨胀,肤色微肿,看得出是明显的妊娠现象。她们完全被当成动物,没有一点人的尊严。那些不听他们摆布的姑娘,则被整天戴着口枷,双手背铐,惨不忍睹。那些鬼畜行径简直令人发指。"

"那样妊娠是很难的。她们本人不知道实情,只有这样关着。如果着床失败,就必须进行下一项实验。"

"那样做,他们想创造什么?"

"他们也许会提取姑娘的细胞与红毛猩猩或者大猩猩细胞杂交,然后再放回姑娘的子宫里……"

"是吗?那就是说,他们在杂交人与猩猩,培育半人半兽……"

惊恐之余,老人的思维似乎停顿下来。

"尽管是想象,如果创造出那种非人非兽的怪物,说不定可以将其训练成战士。成功率究竟有多少不得而知,但是如果真的生出了非人非猿的怪物,那就完全可以派上用场。怪物的残暴会受到欢迎,因为那是战争时期,两军厮杀,需要战士去冲锋陷阵,培育出这种不畏枪弹,随用随弃的士兵就是他们的目的。"

"呸,简直是荒诞无耻!"老人唾弃道,"简直是天方夜谭,脑子出了问题!"

"不过,他们实验新兵器是千真万确的。可最后研究出来了吗?"

"的确有个姑娘怀上了。千真万确……"

"生出个什么样的东西?"

"我认为,根本就不会生出半人半猿的怪物来。我压根儿在那里就没有看到过……"

御手洗点头同意。这回该轮到他来解答了。

"他们想创造各种各样的怪物,但是最终都没有成功。但只有一例成功了。那是人和海豚的杂交品种吧?"

老人瞠目结舌。

"也就是说,那是人鱼!"

老人恍然大悟,连连点头。

"是这样……那个是……那个吗?"

"您见过吗?"御手洗继续追问。

"是有什么东西,在池子里游动。我不在那个有池子的房间里干活,没法靠近看个究竟。"

御手洗点头表示理解。

"不过,等一等,姑娘们产下过什么,当时我曾经被叫过去帮忙助产。现在想起来了,那些全部都是死产。没听说过产下半人半兽的怪物。更别提什么上半身是人,下半身是海豚什么的东西……"

"动物也能怀孕?"御手洗小心翼翼地问道。

"和人杂交后的卵子不一定非得在人的子宫里着床。把人和海豚混合成的杂交卵,再与母牛身上提取的卵混合后,植入母牛的子宫,就会生出客迈拉那样的怪兽。只有人类才会想出这种惨绝人寰的主意。"

"这简直是鬼畜不为的造孽呀！"老人捶胸悲叹。

"当时只生下那么个小东西。大概是人和海豚杂交出的家伙，生出的应该是变异了的哺乳动物。"

老人跟着点头。

"那是人鱼吗？"

听了御手洗的问话，老人摇摇头。

"我只是从远处看见过，不能妄下结论。但是，绝对不像人，也不像人的上半身。"

"人种变异，未必非得呈现出上半身来。"

"那家伙看起来很小，还……"老人跟着说。

"还有什么？"

"感觉那家伙好像长着脚。所以，我觉得那只是一种水生物，还有尾巴和尾鳍……虽然不能完全确定，好像还长着后腿。可是，那怎么能跟武器联系到一起呢？德国人研究人和海豚的杂交，生出这种家伙来，他们究竟要干什么呢？"

"这不是一回事吗？"御手洗说道。

"一回事？和什么是一回事？"

"和那些人与猩猩杂交变异生出的家伙是一回事。当时U型潜艇部队不是全军覆没了吗？接着联军的舰队不断逼近波罗的海。情急之下，若是德国人能派出这群怪异的杀手，绑上鱼雷，冲向敌方的军舰……"

"什么？简直是异想天开！"老人又惊诧地大叫起来。

"有着人的一半基因，就具有人的智能，如果用作武器，就是人鱼武器。"

老人一言不发只是默默地摇着头，不停地摇头。

"那些水生物，后来又怎么样了呢？"御手洗继续追问。

老人大失所望，使劲儿地摇摇头。

"不知道。这一切都让我匪夷所思。我哪里知道……"

过了一会儿，老人似乎缓过神儿来，接着说：

"后来空袭越来越激烈，联军节节逼近柏林，研究所也不得不草草收兵。他们把关押姑娘们的铁笼子拆了，让外人看不出这里曾经是监狱。"

"那些犹太姑娘后来怎么样了？"

听到这里，老人又摇起了头。

"我不知道，真的不知道。但是，那些实验用过的动物尸体，包括那些人的尸体，都装进了防水袋，连夜用卡车运走了，不知运到哪里去了。大概那些犹太姑娘也是被他们以同样方式处理掉了。"

"他们突然对我说，我可以回华沙了。我头也没回，立马逃也似的跑到了柏林火车站，攀上了一列已经启动了的货车，九死一生逃回了祖国。那是一九四五年的事。很快战争就结束了。所以，滕贝尔霍夫机场地下的军事研究所后来究竟如何了，我就一概不知了，更别说那些变异的动物了。

"在接下来的五十五年里,我在华沙过着销声匿迹的隐居生活。幸好,从没有人访问过我。你是第一个,也是最后一个。但是,自己的名字至今还被刻在那个研究所的金属板上,到昨天为止,我还是第一次听说。"

戈尔特施密特老人说完,会心地笑了。

6

我面前的这尊哥本哈根的美人鱼,身子微微地朝前俯着,和华沙的那尊昂首挺胸的持剑英雄美人鱼比起来,风格迥然不同。但是她被公认是这个世界上最著名的美人鱼。也许将来,她的这个地位也是无法撼动的。

我一边眺望着这尊美人鱼,一边回想着上个月御手洗给我讲述的那些故事。眼前的丹麦当年同样遭受过纳粹的蹂躏,但是这尊美人鱼并没有持剑,却屡遭磨难。

华沙的亨里克·戈尔特施密特老人今年年初离开了这个世界。因此,我和御手洗决定公开滕贝尔霍夫机场地下的军事研究所的秘密。

二战末期的纳粹确立了各种研发特殊武器的计划,有的近乎是异想天开。如果归类列表的话,肯定能整理成厚厚的一大本书,这无疑也会极大地吸引读者的眼球。那些计划里,有与现在的宇宙飞船原理相似的,利用同温层掩护轰炸纽约的计划,还有利用三角翼喷气式轰炸机偷袭曼哈顿的计划。

特别是后者,似乎可以付诸行动,纳粹也确实积极地准备。据说,连用于回收飞行员的U型潜艇上的潜水员都确定下来了。因为当时的喷气式轰炸机受续航能力所限,无法往返大西洋,而只能在返航途中,降落在大西洋上。他们计划,届时将机体炸沉,飞行员由U型潜艇接回。然而最终结局是,U型潜艇的整个舰队全军覆没,喷气式轰炸机到战争结束也没有研发出来。

这些五花八门近乎科学幻想小说般的新型兵器中,最令人震惊的当属这个"美人鱼兵器"了。有史以来,也只有二战中的纳粹德国,才煞有介事地研究开发这种"武器"来装备自己的军队,真可谓是空前绝后。

御手洗认为,那些科学家们也未必是真心真意在研究。那些德国的发育生物学家们,假借兵器研发的名义,在军部眼皮底下堂而皇之地搞起自己个人感兴趣的变态研究,实验合成人兽杂交的嵌合体。在其他集中营里,也曾经发现过他们搞类似的活体实验。

这些实验许多是出于科学家们的个人兴趣,对纳粹军队并没有做出贡献。至少没有像沃纳·冯·布莱恩那样,研制出V2飞弹那样的杀人武器。今天克隆实验在伦理道德方面广受批判和非议,因此克隆器官的研发进展缓慢。这也是事实。

毋庸置疑,"人鱼兵器"这一创意的最初灵感,十有八九是起源于对安徒生童话的联想。如果当初没有这部不朽的名著,大概也就不会激发出他们人和海豚杂交的假想,更不会在那所军事研究所里搞实验了。

御手洗说,这段湮灭尘封的现代历史史实,现在鲜有人知。那些当年被强征到柏林的丹麦人和波兰人,把那段体验都带入了坟墓。如果他们说出来,自己就要负刑事责任。然而,从当事人那里听闻过这些秘密的相关人员或家属,为了保护当事人名誉,也都缄口不言,其中有不少人因此对安徒生的那个童话产生了憎恶。

与之相比,那些牺牲于活体实验的犹太姑娘的家人们就更嫉恶如仇了。他们对这个童话传说的强烈迁怒,更是局外人所无法体会的。过去屡屡对美人鱼雕像采取加害行为的可能就是这些人。御手洗了解这件事的来龙去脉后,就想把这一切告诉我。

御手洗还告诉我,人和海豚杂交的怪物始终是个难解之谜。是否真的出生了,是否在柏林的这个地下研究所的池子里生存过,都无法考证。即使有那么一个怪物,那也很可能不是人和海豚杂交的,有可能是海豚和鳄鱼杂交的,或者是海豚和鬣蜥杂交的。

还有,人和海豚杂交出来的变异动物,这种实验我们永远没法做。即使做类似的实验,也只能停留在部分脏器的范围内。斯坦福大学的威斯曼博士最近发表了用人脑和鼠脑细胞合成了新的脑细胞。这也是在脑诞生前就被杀死前提下进行的,只限于细胞的组织检查和认识阶段。这是为治疗帕金森综合征所做的实验。

所以，他认为人和海豚杂交成变异动物是否可能，将会成为永远的不解之谜。包括那些设想着使不同动物杂交的问题。这个谜底，除了那些亲自指挥或操作过的当事人以外，无人知晓。亲历过那个研究所的最后一位见证人，亨里克·戈尔特施密特老人也离开了人世。

但是，御手洗告诉我，现在出现了一缕希望的曙光。武市先生发现的钙粘蛋白使我们掌握了希望的钥匙。我们可以以此来解答这一系列难题。海豚的受精卵分裂细胞生成的钙粘蛋白，和人的细胞生成的钙粘蛋白，两者的黏合机能从根本上是不同的，如果不能共存，就很难生成混合细胞的活体。同时他还发现了一种酶素的存在，它能够切断钙粘蛋白。

当今，人类对钙粘蛋白这种物质还一无所知，只是刚刚发现，开始研究而已。这些细胞时分时离，但其中的结构和规律还是个谜。搞不清楚钙粘蛋白对脑神经细胞形成的关系，就无法解开人类喜怒哀乐、思维感情等一系列的相关问题。

然而，这一系列研究告诉我们，对各种蛋白质性质的研究突破，已经成为解开客迈拉怪物的钥匙。御手洗想对我说明这一切，便对我讲述了上述这一番柏林"人鱼兵器"的来龙去脉。

海与毒药

1

御手洗君,你最近好吗?我身体也还算硬朗,在努力做事。拜读了你近期风靡一时的大作《螺丝人》,得知你无恙,我深感快慰。

你离开横滨好久了。今年,这里也发生了很大的变化。二〇〇四年二月一日星期日,经过长期的施工,"港未来线"终于开通了。东横线延伸到了这里,可以直接坐到终点元町·中华街站。所以说,今年也许成为横滨自蒸汽机车开通以来的重大转折点。

我已经乘车参观过多次了,沿线所有车站都建得高端整洁,很现代化,给人一种横滨焕然一新的感觉。横滨给我的印象更好了。如今的横滨已经渐渐融合成了东京近郊的一部分。也可以说,横滨本身已经成了一座现代化的大都市。

从涩谷到中华街,乘地铁只需要三十五分钟,仿佛东京的闹市也延伸到了横滨的中华街。这些日子的电视节目也都是这个话题,记者每天都在元町或者石川町一带采访路过的行人。这里简直成了电视剧的舞台,那些拍电视剧的剧组常常会跑到这一带来拍戏。

整个中华街和元町一带,近来热闹非凡。马车道车站附近也变得人声鼎沸。这条街本来就闻名遐迩,也许将来会渐渐成为原宿表参道那样的热闹地段。尽管如此,我的心里还是喜忧参半。

港未来线上的马车道车站也落成了。从横滨车站开始,经新高岛、港未来,接着是马车道、日本大道,到达终点元町·中华街。施工期间,车站的命名究竟是用元町站还是用中华街站,当地的两派争执不休,着实颇费了一番周折。在元町街散步的时候,我也问了许多人的意见。我自己觉得无所谓,有那么个站名就行了。但是到了那条街的那帮商家们那里,这似乎就变成了生死攸关的大问题。他们争论不休,甚至连电视台都不止一次报道了双方争论的情况。中华街派主张,"中华街"在横滨家喻户晓,理应采纳;元町派则主张,"中华街"不是町名,用它命名则名不正言不顺。于是,中华街派反驳道:"国会议事堂"不也是町名? 不是也做站名使用了吗?

整个过程像是一场轻喜剧,双方代表一个个声情并茂,各持己见,互不相让,难分伯仲。最后的结果,采用中庸之道,折中成了"元町·中华街"这样一个长长的站名,才算是尘埃落定了。

在我们这个国家里,这种事情司空见惯,按你的说法肯定是:这才叫日本人! 这样一来,争议的确没了,但对于那些不熟悉横滨的人来说,往往容易误解为中华街属于元町。如果一个站名可以用多个地名来命名的话,那么"港未来"也可以叫"港未来·樱木町","马车道"也可以叫"马车道·关内·伊势佐木町"。"日本大道"则应该叫"日本大道·横滨球场"了吧。横滨地域狭小,其中名胜繁多,取个站名的确费事呀。

樱木町车站里依然保留着JR线的站台,但东横线的车站已经废弃了,如今那里一片寂静。因为港未来线的路线离东横线距离很远,直接绕道皇后广场那一带去了。

过去东横线的旧路线,现在好像要计划改建成步行道。在北海道那里这样的废弃铁路很多,这样的改建项目也多得是,好像还有地方改建成了自行车道。

我从港未来车站下了车,站台看上去很深,沿着一条长长的扶梯升上地面,便到了皇后广场背面的榉树大街。这是一条与樱花大街平行的小路。樱花大街是泊着日本丸的一号船坞和如今已经成为了自由空间的二号船坞之间的道路。

眼下看这一带还不算太热闹,我觉得用不了多久,这里就会变得像曼哈顿那样高楼林立的。通过这里的地铁也得深挖呀。基建工程的桩子必须打得深,因为沿途还有浮着日本丸的那个船坞。曼哈顿的地铁好像没有那么深,那里的地质八成都是岩盘,而且地质单一,地面不是入海口,也没有池塘之类——近来我一直在翻来覆去考虑这些问题。

你也认识的那位叫犬坊里美的姑娘,现在在"光未来法律事务所"供职,就在港未来附近。有时我会在咖啡馆见到她,但见到她的地点已经不是在马车道十号馆了,而是在地标大厦一层的星巴克。

这里的印度拉茶很好喝,我很喜欢。其实我属于那种很容易适应的人,每天不来这里喝上一杯印度拉茶就感觉嘴里没味儿,第二天一大早就得跑来喝上一杯。我一个人的时候,也不专程跑到这里来,因为马车道那边也有星巴克。

前一阵子,《异邦骑士》事件前后,我到那家"明顿之家"去过几次。那个地方勾起了我痛苦的回忆,这都缘于那封读者来信。

我以为那家店早已关张了,结果一打听还在。但对我而言,决定去那里还是踌躇了一番。我一路信步而去,一抬头已经到了店门前:哦,这家店还在,而且跟从前一模一样,于是我毫不犹豫地踏进了店门。

离得这么近,从那件事至今,我却很少来这里。说来奇怪,我就是不愿从这附近走,你肯定也是这样的,散步的时候也总是避开经过这个店的那条小路吧。

白天走到这里,看到的店名叫"薄荷茶馆"。但是,以前"明顿之家"店门口的那块写着英文"MINTONHOUSE"的牌子依然挂在那里。只是在白天用"薄荷茶馆"这个店名张罗些咖啡和茶的生意。到了晚上,老板就重操旧业卖起酒来,俨然回到了"明顿之家"时代。

店里的昏暗跟从前别无二致,屋顶上装着荧光灯的灰褐色灯箱,还有那木制的音响设备,以及吧台前那一排三合板椅子,都依然如故,跟从前一模一样,令人感慨万千,时间仿佛完全静止了一般。坐在店里的长椅上,一直倚着墙壁,听完两三张 CD 唱片,也不会觉得腰背酸疼,这令我既惊讶又感慨。

从哪里能看得出时光流逝的痕迹呢?当然有些东西还是能看得出来。现在放的音乐多半来自 CD,仔细端详,原来挂在墙上的那个装黑胶唱片的木框柜子,如今已经空空如也。店前的小路也利索多了,护栏没有了,换成了一排停车用的计时器。但是入夜以后,店里播放的音乐仍旧尽是当年的那些黑胶唱片。

待了一会儿,我出了店,步行来到元町·中华街车站,乘上港未来线,来到元住吉。明顿之家依然如故,给了我很大的勇气。这也是我近期首次来这里,目的是想看一看那家"灯屋"还在不在。我想这事儿问题也不大。

我还是第一次乘地铁到这里来,感觉就像穿过了长长的时空隧道,一条连接着现在和过去的崭新通道,蜿蜒穿行,尽头的那家灯屋不知是否还在。

在元住吉下了车,沿着通往地面的台阶拾级而上,果然,那家灯屋依然还在。只是,对面那家银行前的水泥花坛已经不见了,站前商业街也铺上了五彩斑斓的石子路。二楼上的那家店依然如故,看上去跟从前没什么两样。

我有些恍惚,但还是进门上了楼,蓦然映入眼帘的是当年那位男老板的脸,虽然他看上去上了些年纪,但我还是记得他的。店里的装潢也跟三十年前没啥两样。已近黄昏时刻,店里客人寥寥无几,我选了个窗边的位子坐了下来。这时音乐播放的是那首西蒙加芬克尔的《斯卡布罗集市》。一听到这首曲子,我顿觉浑身一震。这是我当年最喜欢听的曲子。

俯视眼前的道路,每当有电车到站时,就会有大批的乘客从连通着地铁出站口的楼梯口出来。人们穿过商店街的马路,各自走回自己的家。

我眺望着街景,天色不知不觉暗下来,下起了小雨。地面的石子路全都被雨水浸湿了,在黑暗中泛着光。各家店铺的霓虹灯也亮了起来。雨越下越大,从地铁口出来的人们,一个个撑起了伞。

三十年前在这里,我也有在黄昏的雨中撑伞回家的记忆。那时的我匆匆穿过商店街,回到自己窄小的公寓。我依稀记得,自己的那个家很简陋,以致每当电车通过的时候,感觉连房间都被震得跟着摇晃,那毕竟是我的家呀。当年我都是怎么过来的呀。直到现在我还记忆犹新。那薄薄的墙壁,粗糙的柱子上包着铁皮,无论怎么看都像是简陋的临时房。

正在我胡思乱想的时候,耳畔又响起了西蒙加芬克尔的《山鹰之歌》。我心中有些酸楚,情绪低落,渐渐冷静下来。

我在漆成黑色的椅子上坐着,眼前的圆桌上摆着茶杯和厚重的银色金属砂糖罐。听着回荡的音乐,感觉就像西蒙加芬克尔在等着我的到来一样。灯屋也恰似当年,没有半点变化。

这里地处市郊,东京绝对找不到这种地方。我还没去过高圆寺,听人说,那里跟从前比已经看不出原来的模样了。好像西荻也是一样。

在那里坐了一会儿,夜也渐渐深了,我起身付了账,推开了那扇玻璃门,眼前是向下的楼梯,楼梯口右上角的墙上挂着一把低音大提琴。我记得很清楚,和当时一模一样。楼梯右侧的玻璃陈列柜也没变,还是老样子。这一切,在我下楼出门的时候,终于都记起来了。在里面坐了一小会儿的我,比刚才进去的时候要冷静多了。

我对站前商店街的印象也全变了。但是,我没打算就这么从这里朝那幢公寓走过去。因为我知道那幢公寓还在,没有翻新重盖。这已经让我心满意足了。我下了灯屋门前的楼梯,回到了返回马车道的站台上。归途的电车上,当我透过细雨迷蒙的夜色,望见那幢公寓豆色墙壁的时候,我不由地移开了视线。此时此刻,我的心情平复了许多,因为电车轨道两侧墙壁的颜色已经改变了。

那个时代,如同当年原封不动画在墙壁上的图画一样,静静地排列在东横线沿途的两侧。它跟我在马车道的住所近在咫尺,想去的话,几分钟就能到。虽然时隔已久,但故地重游也已经不单单是感伤了,换句话说,当年无处栖身的屈辱已经变成一种怀旧之情,在我的心中蔓延。因为现在和当时相比完全没有变化,就如同自己完全没有衰老一样。我和这一切都浮生于世,迟滞于世,这种感觉反而成为一种宽慰。

我把前些日子自己的这些所作所为所思所感一股脑地向你倾诉,也有我的理由。因为当年像我这样整日里流连于自己喜欢的咖啡馆的并不止我一个人,还有另一位。灯屋、马车道、山手十号馆、明顿之家,还有运河上漂浮着的那艘叫次郎丸的咖啡馆。那个人对咱俩的书爱不释手,但拥有那番个人经历的她,和一直在黑暗中徘徊的我相比,无疑要坎坷得多。而我却一直没有再去灯屋和明顿之家,连我都觉得自己太不近人情了。读者来的那封信,促使我深切地反思了这一切,并使我下定了决心。尽管那封信的作用甚微,也足以促使我迈出这探险之旅的脚步。

下面我想把她给我的信推荐给你读一下。虽说这封信内容沉重,但是对我来说,却很有意义。若你能接受,我将万分感激。

2

石冈先生:

又到了春寒乍暖的季节,空气中也弥漫着花蕾的芳香,不觉间春的气息渐浓。在这春意盎然之际,先生一切都好吧?

唐突地给您写这封信,我深感冒昧。眼下的我也不是特别着急,如蒙您亲览拙文,我将不胜荣幸。

自拜读您的《异邦骑士》一书后,我一直关注着您的大作,每遇必读。对先生以前的作品,我也回过头逐一阅读,这二十年间没有漏读过一本。凡出新作,我都是在第一时间买来拜读,现在我手头收集的都是您作品的一版一印。

您的书从未使我感到失望。在我感叹于此的同时,又是您的书在我情绪低落的日子里不断给我力量,在此深表感谢。

使我最受益匪浅的是先生的那部《异邦骑士》。那个时候,如无此书,我不知该如何度日。先生的大作给予我无穷的勇气和力量。这并非恭维赞美,确是肺腑之言。我想尽可能表达自己的感谢之情,遂执此笔。

这种写法,在大家看来也许是司空见惯。但对我来说,却意义重大,它使我在关键时刻得以死而复生。若非读到先生的书,我十有八九会误入歧途。从这个意义上讲,我更加感激不尽。

我本是个凡夫俗子。这样说的确有些失礼。但石冈先生您也跟我一样,毫无保留地剖析自己,满怀激情地去生活,这是我最受感动的地方。您的书使我感动,产生共鸣,获得勇气,不,我常常会泪流满面,用眼泪来荡涤自己的心灵。正因如此,我才得以从先生那里获得巨大的力量。

现在回想起来,那已经是二十多年前的事了。真名实姓写出来的话,也许会给别人带来麻烦,还是隐其姓名为好。我是一个小城市歇业渔民的女儿,在O大学医学院附属护理短期大学就读。父亲由于过度劳累病倒了,无助的我毅然选择了护理专业。

那个时候,偶然遭遇的一件事改变了我的一生,使我经历了意想不到的坎坷。我的那些亲身经历,只愿对我的知己们倾诉。然而,不付诸文字,难以表达我心中的感谢之情。如果您能读到,我将万分荣幸。

按我家人的说法,我相貌平平,个头中等,不胖不瘦。不过,我心里格外向往美好的爱情,伙伴们都调侃我,说我是个男人迷。然而我天生胆小懦弱,幼稚单纯,从不积极追求男生,总是举棋不定,我自己都有些讨厌自己。

有一天,我做了一项个人调查的实习项目,离开大学的时候已经夜里十点多了。我绕过车站前喷水池附近的转盘,径直朝着自己的公寓走去。正在这时,有一辆卡车和一辆摩托车相撞了。

事出突然,我一下子蒙了,简直不知道发生了什么。过了一会儿,我才回过神儿来。伴随着一声巨响,摩托车和车手摔到了喷水池旁的弧形护墙上。摩托车在沥青路面上擦着火花滑行,最后重重地撞击到了喷水池边的石头上。摩托车的车手也侧滑着撞到了喷水池的护墙上,然后不动了。

我大叫一声,实际上是受到惊吓身不由己,自己并没有意识到。接着,我几次想使自己镇定下来,但一时竟无法做到。

等我回过神儿来的时候,发现周围连个人影都没有。这里本来就是个不大的城市,虽说是在车站前,但到了深夜,路上几乎没有人。如果要救助事故伤者的话,眼下也只有我一个人。要是在高中的时候,我顶多呼救一番喊来人,然后悄悄离开。但是,当时我已经下决心当护士了,也救治过受伤的病人。于是,我急忙朝着伤者跑去。

伤者下颚处的帽带已经断了,头盔脱落摔出了好远。他看上去脸色煞白,黑黑的长卷发从额头垂下,盖住了他的眼睛。

我单膝跪在喷水池旁的沥青路上,用手试探着触摸他的手腕和胸部,检查有没有骨折。他已经失去了意识,正在痛苦地呻吟。看样子,他的胸部和手腕有几处已经骨折了。

我又转过头朝国道那头张望。国道上不时有卡车呼啸着驶过,但是撞了摩托车的那辆肇事的卡车却早已没了踪影。不知是肇事司机没有察觉,还是故意溜之大吉,反正是逃走了。

我撩开了他额前的头发,右手触摸他的额头看看是否还有体温。那一瞬间,我惊呆了。但见伤者,高挺的鼻梁,消瘦的额头,薄薄的眼睑微微凹进,薄薄的嘴唇微微张开,露出了整齐洁白的牙齿。真是没有想到,伤者竟是长相英俊帅气的小伙子。这是一张我平时一直幻想着的脸,我理想中的喜欢的脸。

为了防止他呕吐,我用双手捧住他的脸观察着,使了很大劲儿才把他的头架到了我的膝上。恍惚中我似乎产生了错觉,是上帝让他来到我眼前的,我心里不由自主地祈祷着感谢上帝。现在回想起来,当时我真是想入非非,自以为是,单纯任性,甚至又有些寡廉鲜耻。

我让他的头枕在我的膝盖上,抬头仰望着夜空,夜空中挂着一轮清晰的圆月。喷水池中的喷水溅起的水雾,时而夹杂在微风中,飘落在我的身上。周围不见人影,除了偶尔听到远处国道上有车经过的微弱的呼啸声外,再也没有其他声音,万籁俱寂。我也渐渐感到六神无主,不知下一步该如何是好。

我仔细观察着伤者,他开始呕吐起来,这可是个危险的征兆。如果伤者继续仰卧平躺的话,就有可能被呕吐物阻塞气管窒息而死。有的伤者虽然受伤但伤不至死,有的只是喝酒喝得烂醉如泥,因为不懂这个常识,很多人就这么稀里糊涂送了命。所以,呕吐的时候一定要侧过脸才安全。

这时的我也是高度紧张,看着迷迷糊糊痛苦呕吐的他,我心里又生出一种莫名的怜悯,觉得他太可怜了。我竟身不由己地轻轻吻了他。连我自己都惊讶,不知道自己当时怎么会如此冲动失控。大概是此前处置过几例重伤员,知道这些伤员即使被撕开衣服,或被记者用闪光灯拍了一通照片,他们也浑然不知。这一点我是明白的。然后,我把他安置在马路上躺好,自己才跑去喊救护车。

那时候手机还不像现在这样发达,我必须先找到公用电话。不凑巧的是,原先我知道的那个车站内的电话亭已经关门停用了。后来我又想起在很远处的高架桥那里还有一个公用电话亭。我急忙朝着那个方向跑去。

当我呼叫完救护车,上气不接下气地跑回现场时,远远看见他已经躺在担架上,正在被抬上救护车。我凭着护士的本能,恨不得也跟着上了那辆救护车,一起去医院。但等我赶到他刚才躺着的地方时,救护车已经匆匆开走了。

第二天，我挨家医院打电话，终于找到了他所在的那家医院。接着，我在电话里询问了那家医院的医护人员，得知他已经苏醒过来，可以说话了。于是，我买了些水果去探望他。

我在病房里见到了他。他笑容灿烂，比昨晚更帅气。见此情景，我打心眼儿里感到高兴。他并不知道我是谁，所以一脸茫然。当我向他说明了是自己去叫来的救护车时，他高兴异常，再三道谢。

他说他是在骑摩托车旅行途中突遭车祸的。他家住东京大田区。他的肋骨和左手骨折了，腿骨也有裂缝，但是脑电波检查结果一切正常。尽管是个不小的事故，但他却跟没事儿似的悠然自得。他的恢复能力令人瞠目，大概是因为年轻有活力的缘故吧。

他在O市举目无亲，连个朋友也没有，很是孤独寂寞。和他见面的时候，总是畅聊不止，我对他有了基本的了解。他出身医生世家。他父亲在大田区雪谷开办了一家名叫K会医院的大医院。他是家中的独生子。尽管出身医生世家，但他对医学毫无兴趣。他不顾全家的反对，一心想当一名演员。于是，他大学上了一半就中途退学了，进了一家专门培训演员的学校。圈子里的伙伴个个都才艺高强，根本就没有他出头露脸的机会。于是他又迷上了摩托车和拳击，进了多摩川的一家演技学校，立志做一个演技派演员。他跟体育圈里的那些伙伴关系不和，上了一段时间又退学了。他把自己此前这一切都毫无隐瞒地告诉了我。

为了排遣自己的烦恼，他决定一个人骑着摩托周游全国，昨天晚上遇上车祸，就是在这个当口。他告诉我，昨天晚上出车祸的那一刻，他正沿着国道行驶着，打算找人问问哪里有住的地方，找不到的话，他就打算在公园里找个合适的地方凑合一晚上。他还告诉我说，肇事的卡车司机跑掉了，现在有些不好办。好在他已经买了保险，住院费和治疗费总算是有着落了。我打心眼儿里佩服他的镇定自若。回想起来，如果没有这场车祸，我也认识不了他，我还真得感谢那位鲁莽的卡车司机呢。

　　在与他的交谈中，我的母性本能被激发出来了，我觉得自己越来越喜欢他了。我问他，明天还来看你，行吗？他毫不犹疑地回答：你可务必要来呀。他肯定也对我抱有好感，我高兴得几乎要跳起来。我觉得自己真是太幸运了，幸福来了。

　　接下来的一段日子里，我每天都去他住的那家医院，只想见到他和他聊天，其他的什么都不想。他也寂寞无聊，我去找他，他总是很高兴，跟我无话不谈。

　　别看他像跟初次见面的人说话一样地拘谨矜持，其实我们已经接过吻了。每当我悄悄想起这些，就身不由己地窃窃发笑。我在这里不想公开他的名字。后来，他在电视里出过几次镜，虽然算不上明星，但是那些粉丝们还是一眼就能认出他来。

　　可是，有一天我去医院看他，发现他已经无影无踪了。听说是他父亲从东京赶来，把他接到东京自己开的那家医院去了。我还听说，他本人不想离开，但是他父亲根本就不听他解释，最后他还是被带走了。

我问护士,他临走时有没有留下什么话。护士递给我一本精装书说,这是他让我转交给你的。这本书就是石冈先生的《异邦骑士》。

翻开扉页,但见上面写着:"承蒙你的关照。自打相识,我得到了你的很多帮助。我现在一无所有,为了表达对你的谢意,我把这本书送给你。希望能再见到你。"

这是他喜欢的那本小说《异邦骑士》,他骑着摩托周游全国,身边就只带了这一本书。他把这本书给了我。

我忘不了他,于是按照他父亲开的那家K会综合医院的地址,写了一封信寄给他,结果石沉大海杳无音信。大概他没有住在那里,那封信根本就到不了他的手中。

过了不久,我从护校毕业了。因为毕业成绩优异,我被本地的一家大医院内定聘用了。我的好几个同学都进了这家医院,老师们也都积极推荐我们去。这家医院在O市是首屈一指响当当的,是就职的首选。我们学校毕业成绩前几名的都进了这家医院。

但是,我无论如何也不想去。因为我已经清楚地预见到了自己进了那家医院以后的人生之路:住在医院的宿舍里,三年后相亲结婚,生了孩子在家里待上几年,等孩子长大些后自己再回归社会。我梦想着跟自己的母亲住在一起,但丈夫的父母健在,这个梦也就束之高阁了。我最讨厌这种平淡乏味的人生。我心里放不下那个英俊的摩托骑手。我想到他的身边,到他父亲开的那家医院里去当护士。我也不知道将来会发生什么,这既是冒险也是梦想。敢于冒险才能实现自己的梦想,我想尝试一下。

母亲、老师和朋友们,都异口同声地反对我去东京。理由首先是东京离家乡太远了,老师们还调查了那家 K 会医院,说那里的待遇不好,夜班很多,劳动条件又差,总之那家医院的口碑很差。

听了这些,我反倒认为这是一次机会。大家都不愿意去那里工作的话,我被录用的几率就会提高。而且,我救过老板公子的命,这消息传出去的话,一定能增加被录用的可能。我心里也在暗暗忖度,劳动条件说不定也有好有差,是可以选择的,那些人根本没看到实际情况,就人云亦云地跟着反对。关键是,进了那里就可以经常见到他了。

我力排众议,毅然去了东京。东京以前就是我向往的地方,我心里充满了去东京的医院工作的期望。我想,在我的一生中能有机会在东京生活一回也值。再加上他的因素,更增强了我的信心,我当时认为我的决定完全正确。

写到此,我的脑子里一片混乱,我已经无法平心静气地写下去了。作为旁观者,先生您对我个人的事也未必感兴趣。开始的时候,去东京我无怨无悔。但从某一天起,我开始后悔了。把那些事一件一件写出来也没有必要,我觉得那太乏味了。

我很顺利地被大田区雪谷的 K 会医院录用了。这家医院的夜班的确挺多,跟外面谣传的一样,劳动强度很大,但我并不觉得苦。我在东京过上了自己向往已久的都市生活,还经常到附近的多摩川河边散步,同事关系也挺和睦。更重要的是,我再次见到他了。

他完全康复了,俨然又成了英俊健壮阳光帅气的小伙子。他一见到我,显得格外高兴,说欢迎我来东京。在O市,我从没见过他如此光彩照人。随着和他约会次数的增多,我们日渐亲密,犹如梦境一般。为了等到这一天,我饱尝了这段日子的思念之苦。

他带着我去了田园调布和自由之丘的高级餐馆,看样子他从小就常去那样的地方吃饭。一到那里,全店都以最高规格迎接我们。我休息的时候,他还用摩托车带着我去横滨和镰仓玩。

我和他走在街上,路人的回头率很高。他对这一切毫不在意,轻车熟路地骑着摩托车来到我住的公寓,有时晚上就住下了。我们俩在床上彻夜畅聊到天亮。

那时候的他常跟我谈起马尔代夫。他说他曾经跟着某大腕明星去那里拍过外景。谈起当年的感触,他依然兴致勃勃滔滔不绝。

辽阔恬静的大海,白色的沙滩,令人陶醉的蓝色……错落有致的别墅,别墅前有水池,水池里面漫游的一群群小鱼清晰可见。从小楼上顺着楼梯直接就能下海。在晒台上沐浴海风,喝冷饮,吃甜甜的水果,这些体验让他难以忘怀。他说他第一次知道世界上还有这样世外桃源般的生活,简直如梦如幻。

他说将来一定带我去那里,我也盼望着他带我去。他曾经不止一次在我面前憧憬在那里生活的美梦,我听着听着也跟着憧憬起这个美梦。我开始收集带有马尔代夫风景照片的杂志和画册,遇到电视播放有关马尔代夫的节目,我就叫上他一起在房间里看。我还到旅行社搜集了沿马来航线旅游线路的宣传册。

后来,他在电视上上过几次镜,尽管扮演的都是些配角,我还是如醉如痴地欣赏着,和他分享着喜悦。首映日他第一个就告诉我,我是他的第一位忠实粉丝。后来,他的粉丝渐渐多了起来,和我见面的机会也少了。

我还为他流过产。那是一段屈辱的体验,当然这里面我也有过失,所以对他没有半句怨言。因为我不想破坏这样祥和幸福的生活。

上下班或去涩谷一带购物,我都是一个人独来独往。我无意中感觉经常看到同一张男人的面孔。那是个中年人,戴着一副浅茶色的墨镜。经过很长一段时间,我才意识到他是在跟踪我。因为我压根儿就没有往这方面去想。我一直在反复问自己:他是在跟踪我吗?这是为什么?大概是搞错了吧。

终于有一天,那个男人出现在了我住的公寓前。在门厅里,来人递给我一个看上去装有几百万日元的信封,同时对我说,你和他就此分手吧。我一听,简直怀疑自己的耳朵,真是莫名其妙,开什么玩笑!

我笑着回答来人,我不可能和他分手,更不可能收这些钱。

来人说,这是他本人的意思。"这根本就是不可能的。"我坚定地回答道。因为,刚在一周前我还和他一起去看过一部印度电影,然后一起吃了饭,还热谈了南国的话题,约定找机会一起去那里旅游。

来人问:如果让他亲口跟你讲你能相信吗?我一听预感不妙,点头同意道:"如果这是他的本意,可以让他直说。"于是来人说要借电话用一下。我正在犹豫时,他一把就抓起了我身旁的电话,拨起了号码。我注意到,来人拨的号码并不是我以前熟知的他那个公寓的号码。

来人对着听筒说:"我在她这里,换你跟他讲。"接着就把听筒递到了我的眼前。我愣愣地盯着听筒,不知所措。

与其说是强烈的不安,不如说是恐惧,我感觉自己的心脏扑通扑通简直要跳出来了。我把听筒放到耳边,对方一直没有说话。我在怀疑:电话那头真的是他吗?电话真的接通了吗?于是我先发了话:"喂、喂。""啊,喂、喂。"听筒里传来他惶惶的回答。这一瞬间,我恍然大悟,浑身冰凉。我在毫无预料的状况下遭人算计了,我痛感这个世界的冷酷和无奈。我被人用暴力胁迫了。我觉得自己是个弱女子,孤立无援,无能为力。

"那个人说的话,是真的吗?"

我使劲儿控制住自己的情绪,啜嚅地问道。

"对不起!"

我听见他这一声喊叫,我就几乎要昏倒了,我顿时恍然大悟。我意识到,我和他向往已久并为之积攒了旅费的马尔代夫之行,那个美丽的马尔代夫蓝色梦想,已经成为永远无法实现的幻梦了。

接下来,他絮絮叨叨想解释什么,但我什么也不想听。很难相信他能做出这种事情来,我不想承认这是事实。我是那样相信他,为了他,我什么都做了。他几乎没有收入,有时都要我给他钱花。他需要什么东西,我都是拼命去找,去收集。即使很远的地方,我都乐呵呵地去给他买来。

他要我的时候,每次我都毫无保留地顺从他,为他献身。我发现自己怀了孕,就按照他的意愿,把孩子打掉了。他说使用避孕药具不得劲儿,我也没有要求他。他自己满足之后,我也没再去要求他来满足我。我强忍着睡意,陪他彻夜聊天到天明。第二天我困极了,只能偷偷躲到厕所里打个盹儿。即使筋疲力尽,即使剧烈的头疼袭来,我都强忍着,让他高兴。正是因为全心全意的信任,我才为他做出了这一切。

电话那边的他在东拉西扯,俨然成了素不相识的敷衍搪塞的青年。他的话都是花言巧语,我早已看透了他的花招。怎么这样的事还要委托别人来做呢?想分手为什么不自己来说呢?真不像个男子汉,我真是绝望透了。

我明显地感觉到这个世界一下子由明变暗了,天堂般的东京生活到此为止,剩下的只有痛苦和悲伤。由于我连日睡眠不足,浑身不适,痛苦不堪,如同坠入了十八层地狱。

等我回过神儿来,那个中年男人已经走了。眼前的桌子上只剩下那个装满钞票的信封。

3

接下来,我的身体彻底垮了,整夜无法入眠。睡眠不足引发了剧烈的头疼,我常常感觉天旋地转。我的过敏症发作了,胃痛和生理痛伴随着剧烈的呕吐。我心里十分清楚,自己的免疫力在衰退,经常感冒,天天都要吃药。

他快要结婚了。肯定是他屈从了他的父母,他自己的演员梦也化为了泡影。护士们都在议论说,经常看见一位家境优越又持有医师资格证的女医生和他在一起。

出类拔萃的年轻女医生是很少见的,他父母肯定不会放过这个机会,不惜重金也要成就这段姻缘。他父亲曾经威胁过儿子,明确告诉他,如果不从父命,就要跟他断绝父子关系。

作为医院的经营者,继承家业是生死攸关的大问题。如果无人继承,医院可能落入旁人之手。作为父亲,已经退到了最低的妥协点,不能再退让了。他长得英俊帅气,一般的女人见了他都会对他动心,心甘情愿嫁给他。只要他中意,马上就能成亲。

这是为什么呢?我翻来覆去,百思不得其解。医院完全可以委托他人打理,他跳出这一行不就行了吗?只要有一间房子住着,我一直工作也无怨无悔。被父母一威胁,他就这么屈从了,我真的想不通。他本来不是因为不想继承医院才拒绝上医学院的吗？他是个冲破世俗崇尚自由的男人，我们完全可以逃离这个令人窒息的日本，到马尔代夫去过自由自在无拘无束的生活。他也曾经不止一次激情澎湃地对我表白过。难道一个男人的心竟可以这样轻而易举地说变就变吗？

我浮想联翩，到了马尔代夫，我可以工作。护理师这个行当无论到哪个国家都有用。日本这种发达国家颁发的护理资格证书到了马尔代夫肯定是响当当的。如果他要我去考护理师资格证，我继续学习考就是了。我只想再见他一面，当面聊一聊问一问他是怎么想的。我完全有自信，让他回心转意。

我给他打了电话，可他的电话号码已经变更了，打不通了。我又到他住的公寓去找他，得知他已经搬走了——八成是有意躲着我。护士们都在议论，说他的未婚妻是个大美人，还说这门亲事是他妈妈积极张罗的。

我慢慢地想到了死，但是在那个时候还没有彻底下决心。我心里憧憬已久的马尔代夫的大海，那荡涤心灵沁人心脾的蔚蓝色，在眼前的我看来，已经变成了子虚乌有的颜色，变成了死亡，变成了绝望。

有一天，我在药房的货架上发现了一种和马尔代夫大海一样的蔚蓝色液体。那是硫酸D，装在玻璃瓶里的蔚蓝色太艳丽了，使我顿觉神清气爽。我一下子被吸引住了，目不转睛地凝视了许久。猛然间，我感到一股寒气向我袭来，这蓝色跟白沙碧海的马尔代夫大海的颜色真是太像了,但这可是足以要人命的剧毒药液。

眼前的这一切莫名其妙地吸引着我那痛苦的心。我心里一清二楚,这是剧毒药品。我找到并把药品拿在手上仔细地端详着,这时我的心平静了许多。我拿出自己平时喜欢的香水瓶,将药液倒入了少许。那天只倒了一点点。从那以后,趁着同事看不见的时候,我就偷偷摸摸一点一点地往香水瓶里倒这种硫酸D。

很多时候,我一个人待在公寓的房间里呆呆地凝望着装满美丽的蓝色液体的小瓶。我目不转睛地凝视着,脑海里浮现出以前爱读的那部远藤周作的小说《海与毒药》。

硫酸D的蓝色,其艳丽程度是无与伦比的,我深深地被它吸引住了。在这个世界上,没有比它更纯净的蓝,没有比它更鲜艳的蓝。我觉得,除此之外的任何蓝色,都是惨淡的,混杂着腐臭的。为什么这种药液的蓝色这么纯粹?每当想到这里,我就会意识到,答案只有一个,因为它是剧毒的猛药。除此之外别无答案。

制作皮草时,人们会用砒霜来保存住皮毛的鲜亮。因为砒霜是很好的防腐剂,它能够保存美丽。人类从远古时代开始,就是用这种毒药来保持美丽。硫酸D那沁人心脾的蓝,使我浮想联翩。

大海,是这个世上拥有最美之蓝的地方,马尔代夫无疑是其中之一。我渐渐地认定,那里的大海也许是有毒的。我一直憧憬的那片大海,现在已经变成了有毒之海。

大海与毒药同色,正是在这种与海同色的毒药里,隐藏着大海被比作母亲的真正含义，想到这里，我恍然大悟，顿觉心安了。这种看似美丽的东西，这种令人心安的东西，其实是有剧毒的。人的心也是如此，这个社会也是如此，充满了谎言，充满了欺骗。追求纯粹美好的东西，使我深知其毒，使我深受其害。如此看来，也无需为之懊恼悔恨，什么美，什么梦，原来无非如此。

《海与毒药》是我非常喜欢的作品，但是有一处我感到不满意，就是它的标题。我觉得，虽然标题如诗一般美，光鲜亮丽，但与小说里的世界不匹配，总觉得似乎散发着奇异的光彩。小说里面描述的是恶魔般的人体实验，应该另选一个更贴切更达意的标题才好，用这个标题太牵强，给人感觉有些文不达意。那个时候的我感觉，要说《海与毒药》，那就是指硫酸D。我也下定了决心，要是死的话，就用这个毒药。

我觉得自己就像要下地狱了，其实远没有到那个地步。一个彻夜未眠的早上，我浑身难受，头疼不适，恍恍惚惚地去上班，在热水间，跌进了盛满热水的池子里。

现在的条件都改善了，可当时的医院里仍存在着那样的危险。当时我没注意到开着盖子，周围满是蒸汽，眼前几乎什么也看不清，脑子里迷迷糊糊。我很快被救起，但是我的左侧半身严重烫伤，左眼几乎失明。

我有气无力，在床上躺了一个星期，真的是在死神面前徘徊了一趟。我的头部和面部被烫伤，严重脱发，我感觉这次死定了，根本没想到能够起死回生。

我的命是保住了,但是无法见人。我痛苦至极,每天都彻夜难眠,汤水不进,就连流食也灌不进,只能靠打点滴来维持生命。但是,在这些日子里,我的心里一直在想,我已经完了,随他去吧,这样不用自杀也可以了此一生。

然而,令我没有想到的是,我竟然得救了。最令我感到惊奇的还是我自己。我已经万念俱灰无欲求生,再加上身体衰竭浑身病痛,竟然能够得救,真是令人称奇。大概是年轻的缘故吧。

但是,我再也不能在人前抛头露面了。我心里在怨恨,我这个样子,得救了有什么用?这是上帝对我的惩罚吧。多亏了闻讯赶来的妈妈的精心照料,还有和我要好的护士们轮流彻夜看护,我才能够得救。

但是我根本不想感谢她们。医生对我说,我脸上的烫伤,通过整形手术基本可以复原,至少可以恢复到化完妆基本看不出来的地步。头发也长出来了一半。也许再过一段时间,就能差不多恢复了。但是,我的身体上留下了大片的疤痕,特别是腿上,穿裙子是无论如何也掩饰不住的,真是太遗憾了,恢复不了原样了。另外,医生明确告诉我,我的左眼的视力也恢复不了了。医生还对我说,因为是在上班的时候出的事故,治疗费不必担心,工资也会照发,让我安心养伤。

妈妈语重心长地劝我,让我跟她一起回O市,我拒绝了。当初我不顾家人的反对离开了家乡,护士学校的老师同学会怎么说?我也是要脸面的人,回去怎么面对他们?我一点儿也不想吹嘘显摆自己,但不混出个样子让大家看看,我是不会离开东京的。

不过那都是我健健康康的时候的想法了。事到如今,我想自己只好死在东京了。啥时候死,如何死,我整天脑子里尽想这些问题。但是时间一久,我又想,还得继续活下去呀。我就这么死了的话,他的父母和妻子岂不是要大喜过望?我得好好考虑一下,我得做点什么,哪怕只做一点点,我得先报了这一箭之仇之后才能去死。

接下来我度过了漫长的住院生活,一边治疗一边与伤痛作斗争。三个月后出院,随后是康复训练,循序渐进地恢复体力,这个过程花了半年时间,到最后完全恢复到以前那样可以上班,总共耗费了一年的时间。在医生看来,我可以康复,可对我来说,我要接受的是,我失去了左眼的视力,永远失去了这扇心灵的窗户。还有我自己那满目疮痍的肌肤,我的左腿满是鱼鳞状的红斑,看上去像是得了病的鱼肚皮。

再有,就是难言之隐,我作为女性的生理功能也受到了损伤,恐怕对今后的性生活和生育都会有影响。这只是我的推测,没有找人验证,更难以对人启齿。最要命的是,我自己现在成了这个样子,我想那个男人是不会再见我了。我真的是万念俱灰生不如死,没有切身体验的人是永远不会理解的。

在病房里,我把那个装满硫酸 D 的小瓶偷偷藏在包里,等到只有我一个人的时候,我就悄悄拿出来,端详个没完。真是不可思议,唯有此时我才会感觉到心定神宁。这是我最喜欢的香水瓶,里面装满了蓝色的毒药,药量足以使人毙命。有时我真想一口喝光这些蓝色毒液,但又一想,现在还不到时候,就又罢了手。我觉得我不能就这么无声无息地离开这个世界。

他结婚后,大概从演艺界金盆洗手退出江湖,一心扑在医院的管理上了。最后,他还是败给了他的父母。他的叛逆不过是一时年轻气盛而已。关于他的所有事,我跟那些要好的护士同事也从来没有谈过,这一点他全家应该感谢我才对。

果然不出我所料,他们开出优厚的条件,建议我调到另一家医院,但是被我回绝了。我并不想找碴儿去刁难他们。他们这是想冠冕堂皇地赶我走,这真让我忍无可忍。他们一家现在安居乐业,心安理得了,我岂能咽下这口气?我没有一天不在想着如何伺机报复他们,我无论如何也要报这一箭之仇。他们日子过得优哉游哉的,可我却失去了一切我想要的东西。

我的身体渐渐可以活动如常了,肌肤也透出了光泽,头发也一点一点长了出来。我可以外出了,我想做的第一件事,就是穿上长裤,到东横线的多摩川车站一带去走一走。从我住的公寓,到池上线的雪谷也好,从我工作的K会医院到东横线的多摩川园也好,去走一走看一看,这些都是我所熟悉的地方,令我难以忘怀的地方。

到了车站,我先深深地吸了一口气,体会到了那种久违了的熙攘。尽管我没有感觉到半点欣喜,但是总算安心了,我又重新回归了这个社会。随后,我在车站里拿出了那个装满硫酸D的小瓶欣赏起来。无论怎样端详,那小瓶里面依旧显现着清纯妖艳的蓝色。那蓝色意味着我由衷向往的马尔代夫的大海,还有那永远也无法成行的马尔代夫之旅。

我怀揣着那个小瓶,买了一张到元住吉的车票,乘上了东横线。在病房里我反反复复读了多遍《异邦骑士》,我想去看看小说里描述的那个灯屋咖啡馆。

小说上描写的舞台近在眼前,对我这个乡下姑娘来说有些不可思议。要说近在眼前,是因为他也读过这部小说吧。我从元住吉下了车,穿过地下出站口,慢慢走过小说中良子雨夜蹲过的通道,然后顺着通往商店街的楼梯拾级而上。到了地面我放眼环视,那家灯屋立刻跃入了我的眼帘。

我沿着招牌旁边的楼梯上了二楼。店里客人不多,我就在窗边找了个空位落了座。我要了一杯红茶,就像小说里的主人公那样,透过玻璃,目不转睛地俯视着眼下的街道。噢,没错,就是这里,想着想着,我眼前仿佛看见良子在地下检票口下楼梯的娇小的背影。那个背影从这条街上永远地消失了。想到这里,真是令人悲伤至极,不觉间,我的眼泪像断了线的珠子般涌出了眼眶。为何流泪我自己也不知道。是出于对良子惺惺相惜的怜悯,还是遭遇相同的哀叹?我自己也说不清楚。

红茶端上来了,应该加一点糖才好,我取下了桌上砂糖罐的盖子。这个银色的金属砂糖罐质地厚重,打开盖子,里面是洁白的砂糖。看见它,我的眼前仿佛看见了马尔代夫雪白的沙滩。

我从包里取出了那个装满硫酸 D 的小瓶,摆在砂糖罐的旁边,静静地凝视着。我慢慢地用手指拧开了香水瓶的盖子,然后将蓝色的液体倒入了白砂之中。倒的量少,液体一下子渗入了白砂,将一小部分白砂浸成了蓝色。

我蓦然回过神儿来,原来这一切都是自己的幻觉。其实,我的手指根本就没有动,香水瓶的盖子,瓶中的蓝色海水,都依然如故。然而,眼前看到的景象,比如那雨中行人头上撑着的伞,却是那么自然,一切都是那么顺理成章。这些都是极其普通而自然的场景,我甚至在反问自己,这样做有什么不可以呢?

依然如故的场景使我的心平静下来,同时我在问自己,如果现在自己做了那些事又会发生什么后果呢?我出了店,一个素不相识的人进了店,把砂糖罐里浸成蓝色的砂糖加入了咖啡杯里,不到致死的量是不会要人命的,但他会栽倒,会痛苦,会被送上救护车。那样的话,店老板肯定会回忆起曾经坐在这张桌上的我。待会儿我还要结账付款,这一切都会给人留下印象的。它们会给警察描述我的长相,接下来我可能被警察逮捕。

如果我被捕了——不过我觉得这也许是我所希望的结局。警察会审问我,声色俱厉地追问我,为什么要做这种事,我只好把自己和 K 会医院大公子的那一段恋情和盘托出。这样也可以算是我对他们家报了这一箭之仇。

我紧咬嘴唇。不,不能就这么便宜了他们,应该让他的那个夺我所爱的妻子,还有那个强逼着儿子成亲的母亲,应该让她们吞下这些毒药。这可不是古希腊式的死刑,不能让无辜的人顶罪。

接着,我又在想,杀了他们我才能够解气,这股无名业火才能消解。这是眼下我最想要的结局。

我又一个劲儿地摇起了头,打消了这个妄想。自己竟然想到了这些,真是令人不寒而栗。这样,不是和他以及他的那些维护家族荣誉明哲保身的亲友们同流合污了吗?我不想和他们成为同路人。

出了咖啡馆,我顺着楼梯下到元住吉车站的检票口,乘上了东横线。我想到终点的樱木町去看一看。在电车里,我又陷入了冥思之中。不应该是他们,应该是我来吞这些毒药吗?这样的话,我就能从痛苦中解脱,和我的生命一起。我觉得,这样也有道理,但也觉得这样不对。

到了樱木町之后,我在堵满汽车的街道上缓步朝山下公园走去。这是《异邦骑士》里主人公们乘游船周游东京湾的地方,而且是他们在大海上看见大量水母后又返回的那个公园。

我想把小说中提到的那些咖啡馆都转上一遍。不光是灯屋,马车道十号馆、山手十号馆,还有明顿之家。可今天我觉得有些力不从心。毕竟与世隔绝了有一年时间了,今天是第一天出门上街。我感觉双腿乏力,关节也时时钝痛。今天到山下公园为止就行了,我一边鼓励自己一边前进。

终于到了山下公园,我穿过草坪,径直走到了海边。这时我感觉到了春天万物复苏的气息。春宵宜人,如果是和他一起来这里该多好呀。我又不知不觉遐想起来。

走到公园的最尖端,望着不断朝着脚下的石头护栏扑来的波浪,我闻到了一阵阵海潮的清香。这一切大大出乎我的意料。由于工业废水和油污,日本海已经失去了从前的清香。所以我们才更加向往马尔代夫的大海。现在我来到大海边,驻足观望,这里还真的飘荡着海潮的清香。

我默默地伫立的这当口儿,太阳已经徐徐西落了,宽阔的大海渐渐暗淡下来,已经无法找到水母的影子了。不过,我的心也跟着由明转暗,意识不知不觉又集中到了自己身上烫伤的疤痕上。

我开始迈步,沿着栏杆朝着冰川丸方向走去。这时,我发现了一条通往大海的石阶。石阶的前段已经没入了海水里。伴着涛声有节奏扑来的海浪,不断洗刷着长满藤壶的石阶。

"啊,这真是美人鱼来到人间的石阶呀。"

我不禁心里暗暗地感叹着,停下脚步仔细打量着眼前的这段石阶。

顿时,小时候读过的安徒生童话《美人鱼》里的细节一幕幕清楚地浮现在我的眼前。尽管童话的结局令人悲伤,但是我很喜欢。我感觉像触了电一般受到了冲击,一动不动地伫立在那里。

我顿觉惊愕不已。到刚才为止,我竟没有注意到这些,现在终于茅塞顿开了。美人鱼的结局与我的境况真是惊人相似,不谋而合啊。我虽然不像美人鱼那样美丽,但是我的命运和那个美人鱼的悲剧为什么如出一辙呢？想到这里，我真的惊呆了。

童话中的主人公是那个最小的美人鱼。她的母亲和姐姐们告诉她，一满十五岁她就可以在海上显形，变成一条美人鱼去远观那朝思暮想的人间。

童话中的那个男主人公英俊的王子在海上遇难落水。美人鱼拼命把王子救上了沙滩，并一直在暗中守护着他，看有谁来帮助他，带他进城。

不久到了可以在海上显形的年龄，她来到魔女的家，恳求她赐予自己两条腿。

魔女告诉她："你想要腿可以，作为交换条件，我要把你的舌头割掉，这就意味着你将永远无法再发出声音。但是，这样你就可以获得两条腿，但在你浮出海面登上陆地自由地行走的时候，你的脚会感觉到刀割一样的疼痛。不过，如果你得不到人间的爱，不跟人类结婚的话，第二天太阳出来，你的身体就会化为海水的泡影消失。但是，如果照现在这样做美人鱼的话，你将平平安安地活三百年。"

她的姐姐们强烈反对，她们竭力劝说自己这个最小的妹妹就这样在这片祥和的海底幸福地生活下去。可是，小妹妹丝毫也不为所动，她一心想到人间去与已经坠入情网的王子会面。最终她做出了把自己变成人的危险选择。

她牺牲了自己的声音，换来了双腿，再次顺利地见到了那位王子，一下子获得了王子的爱。但是一到夜晚，她的双脚就会发热,疼痛难忍。夜深以后,她就会悄悄地沿着城外的石阶,一步一步下到海里,把自己的双脚浸入冰冷的海水之中,来减轻自己的疼痛。

美人鱼撩起裙摆,顺着深夜的石阶悄然走下。这是多么美丽动人的场景呀。这个场景就发生在这段石阶上吧。

我把装着硫酸 D 的包紧紧地抱在胸前,久久地眺望着这段石阶。

4

接下来,我把那本《异邦骑士》和装着硫酸 D 的小瓶都装进了包里,乘上东横线径直去了横滨。我在马车道上闲逛着,心里在想,石冈先生究竟住在哪一栋公寓呢?想着想着,我走进了据说是石冈先生经常去吃饭的那家小马餐厅,我也在这里吃上一顿。

这条街是过去巡视关内那条马车道的一部分。我喜欢横滨。在我康复期间,读先生大作的同时,我还陆续读了很多关于横滨的书。获准在此居留的外国人向幕府提出要修一条他们可以在上面驾着马车尽情驰骋的道路。所以,后来就修了一直延伸到本牧方向的马车道,越过野毛山,经神奈川的驿站,沿着东海道一直跑到江户。现在的马车道就是马车沿着这条线路来来回回的始发站吧。因此马车道的称呼也就沿用到了今天。我记得不是很清楚,基本上就记得这些。

我进了马车道的十号馆。这家咖啡馆的店面装潢格外漂亮,令进店的客人交口称赞。店前摆着一门不大的古炮,摆着一个古色古香的老式电话亭,还有一个用水泥制成的用来饮马的水桶,用来复原当年马车道时代在这里饮马的场景。

然而,我看到的这一切,实际上是那以后很久的事了。石冈先生的那本大作,一下就把我吸引到这个方向。安徒生的那篇《美人鱼》也是这样。我总被故事的情节强烈地吸引着,仿佛身临其境。如果没有石冈先生那本小说里动人的故事,我也不可能使自己的内心充满动力。

当时我总是选择细雨蒙蒙的日子出门,乘电车的时候我也总是戴着有檐的帽子,把帽檐压得低低的,很少抬头。也许周围的人看了觉得我是个怪人。我觉察到这一切,我觉得这一切就像一把刀子在一点一点地剜着我的心,我隐约感觉心痛。于是,我恍惚间觉得自己一下子蜕变成了一个罪犯,无明业火三千丈,整个人徘徊在地狱的边缘。

然而,我想象着经常精神抖擞寻访马车道的石冈先生,看见牛马的饮水桶,顿觉精神为之一振,心里亮堂了许多。此时,我自己也不知何故,眼泪像断了线的珠子般涌出。

我的心经常在两者之间摇摆不定。一面是那种犯罪者的绝望,自暴自弃,想象着往咖啡馆的砂糖壶里倒毒液的慢性冲动。另一面是石冈先生充满正能量的小说世界。

这也许是我的个人感想,安徒生的童话《美人鱼》也同样是我喜欢的,故事是个悲剧,尽管故事情节在绝望的漩涡中展开,但是贯穿故事的精神无疑是积极向上的。因此,作品得以流芳百世。尽管语言表达稍有不同,但其中表现出来的,与其说是正能量,不如说是一种大气,一种"物华所在"。正是它一直在慰藉着我的心。

走进马车道十号馆的时候,我也和上次一样,打开了桌上砂糖罐的盖子,把装满硫酸 D 的香水瓶并列摆在一旁,默默地端详着。我眼前不知不觉出现了幻觉,我会用自己的手指拧开香水瓶的盖子,然后轻轻侧过瓶子将毒液倒入砂糖之上。这大概就是病态。每次来到马车道,走进这家装潢时尚的咖啡馆,我都会产生这样的幻觉。

但是,随着时间的流逝,我来这里的次数也多了起来,这种幻觉也渐渐消失了。比起那个故事,那个耸立在异邦怪异的骑士形象更具吸引力。这个骑士在我的故事之中战胜了邪恶,拯救了我。

山手的十号馆也是这样。我最初去那里的时候,是从元町的坡道爬上去的,到这座西式洋楼跟前,周围的一切却什么都看不见。诸如万国公墓、港之丘公园、大佛次郎纪念馆、石头马路等等那些景点,还有山下边的街区楼宇以及延伸到远方的横滨海洋公园,全都看不到。只有我一个人被一股邪恶的力量驱使着,怀揣着那个装满毒液的小瓶,朝着那个准备倒入毒液的砂糖壶罐走去。

我坐到十号馆窗边的时候,才看见从万国公墓那边射过来的夕阳余晖洒落在桌子上。此番景色是在高楼林立之中的马车道十号馆根本见不到的。我把装满硫酸D的小瓶放在夕阳余晖中,小瓶里蓝色的液体在阳光的照射下散发出蓝宝石一样的光芒,犹如贵妇人脖颈上的蓝宝石一般光彩照人。这种高贵的感觉使我想起了他的母亲,我的心一下子又滑到罪犯那一边了。我看见自己的手指在慢慢地挪动,举起那个小瓶拧下了瓶盖。

我从包里取出了那本《异邦骑士》放在了砂糖罐旁。如今我已经不愿意拿着原来他给我的那一本了,我又买了一本小型版的,因为小型版的携带方便。但我看到扉页,眼前的幻觉一下消失了。

我下了万国公墓的斜坡,回到元町,向石川町车站走去。从这里乘电车,在横滨换乘东横线,回到了多摩川园。

到达车站的前面,我才注意到运河上竟然有一条船改建成的咖啡馆,一张跳板连接着岸边。夕阳西下,给人些许忌惮的感觉,我还是壮起胆子跨上了这家咖啡馆。进店一看,狭窄的船舱改成的店面,里面摆着小桌,装潢得倒是挺华丽,看上去像个不错的咖啡馆。一落座,我就感觉出船在微微地摇动,不过这种感觉不错,我挺喜欢。

这家旧船改造的咖啡馆,《异邦骑士》里没有提到过。不过昏暗的运河加上和明顿之家类似的感觉,很适合我当时的心境。

我照样先取下砂糖罐的盖子,然后把那个装着硫酸D的小瓶摆在旁边,端详起来。船在微微地摇荡,香水瓶里的蓝色液面也跟着微微地荡漾。侧目望去,窗外是暗黑浑浊的运河水。工厂和居民排出的城市废水,散发着一股股臭气,淤滞的污水下面肯定只剩下了城市的残渣。

我把目光移回室内,与窗外运河里的污水相比,那仿佛马尔代夫清澈湛蓝海水的硫酸 D 是多么美丽纯净,犹如一颗晶莹透亮的蓝宝石放在桌上,两者简直有天壤之别。

我很喜欢这家仿佛是被世界所遗弃的旧船改建的咖啡馆,所以经常光顾这里。在这里,我的身体随着船身荡漾着,反复咏读《异邦骑士》中那些章节。

读到妙处,我合上书,闭目养神,船在飘荡,仿佛自己已经看到了马尔代夫平静辽阔的大海。这是一条旧船,摇荡起来并不明显,如果一直这样,然后猛然睁眼,窗外一片瓦蓝,这不就是美丽宽广的大海吗?这是我的幻觉。

然而,现实依然如故。别说乘船去马尔代夫,这条改作咖啡馆的旧船本身都快要沉了。

我依照石冈先生的书,按图索骥遍访了横滨。当初我内心十分抵触,认为这是个充满朝气的游览胜地,对我这样一个心理阴暗充满犯罪倾向的人来说,是格格不入的,游览那里只能给自己添堵。

我只奔一个目标,那就是咖啡馆。我不像一般女人那样东张西望地看光景,而是闷头俯身来去匆匆。但是自从拜读了石冈先生的书,我把咖啡馆当成历史遗迹来品味,慢慢地产生了兴趣,受益匪浅,乐在其中。

我手扶着万国公墓的铁栅栏,仔细观赏。这里原本是个寺院,有个美国兵舰上的士兵从主桅顶上失足跌下丧了命,他被葬在了这个视野良好的山丘上。由此开始,这里变成了埋葬外国人的专用墓地,港见丘公园一带,一度还成了英国军队的医院,旁边的山地也成了法国军队的兵营。后来发生了萨摩藩主的卫兵在生麦村打死英军士兵的生麦事件,法国军队以当地治安恶化需要维持秩序为由,强行登陆,驻扎到了这里。实际上,这些从书本上获得的知识,给身临其境的我增添了无穷的乐趣。

直到现在,万国公墓一带仍然飘荡着江户时代的阴霾,山岗上好似鬼魅肆虐。朝着这个方向登上一段长长的叫百段的石头台阶便是元町。这段台阶在关东大地震中垮塌了。围绕着元町的中村川是幕府末期为了把外国人的居住地用壕沟隔离开而组织挖掘的,所以看起来年代相对近一些。我凭着自己一知半解的历史知识,随心所欲地和咖啡馆的老板攀谈起来。

老板告诉我,这条船原本就是条废船。他因为感兴趣,经常光顾。不过,这条船已经千疮百孔,几乎要沉了。他原本想成为一个建筑师或艺术家,所以就将这条老船改造成了咖啡馆。直到如今,船身还常常渗水,遇到大雨或台风,进水就会严重,要用水泵才能把水抽干净,着实费劲儿。养护起来颇费心思,已经到了极限了。不久以后,石川町车站前的道路将要施工,据说要建一条矮矮的堤坝,这样一来,那块连接上岸的跳板都没法搭了。这位老板滔滔不绝向我叙述起来。

我问他:"这条船什么时候报废?"他回答说:"明天就要交给横滨市的救捞公司。"我惊讶地问他:"为什么这么急?要拆解么?"他回答说:"反正是移交给救捞公司了,具体怎么处理我们也不知道。也许拖到海上去拆解,然后沉掉,也许拖到东南亚什么地方去扔掉吧。"

"今天已经很晚了。元町靠这边的尽头有一家开在陆地上的咖啡馆叫次郎丸。如果您愿意的话,这会儿可以去那里。"他对我说。

我又拿出了盛硫酸 D 的小瓶,摆到了砂糖罐的旁边,在眼前又摆上了那本小型版的《异邦骑士》,就这样默默地呆坐着,脑子里一片空白。《异邦骑士》和眼前的这位咖啡馆老板使我心情得到了救赎。阴郁的情绪通过谈话得到释放。但是,当一个人在极度绝望的时候,在极度伤痛的时候,就连恶语相向的力气都没有了。

我觉得,满腹怨言也好,对他们的无情无义施以报复也好,都无益于社会的进步。消解怒气才能心情舒畅,一个人可以自由地幻想,实际上这对事态的发展毫无影响。我幡然悔悟,从原罪中拯救这个社会,应验了这样一句恰如其分的话,那就是御手洗先生故事结尾的那一句至理名言:"听听那些阳光的东西吧。"经过这么漫长的路我终于得到了答案,那就是善待他人就是善待自己。

再看看窗外淤滞的污水，这条运河永远也不会变得像马尔代夫的海水那样清澈蔚蓝。可是，望洋兴叹也于事无补。即使找到造成污染的罪魁祸首，把他们千刀万剐，运河里的水也不会变得清澈见底。

"听听那些阳光的东西吧！"

此刻，我的耳畔清晰地回荡着这句话。

美人鱼的结局也和我一样，她没有和王子终成眷属，王子最终娶了邻国的公主。在盛大的婚礼上，美人鱼为他们献上了祝福的舞蹈。

美人鱼的姐姐们来到海底魔女的家，询问有没有帮助妹妹的方法。魔女告诉她们：拿你们的长发来，可以换一把尖刀。如果你们的妹妹用这把尖刀刺入王子的心脏，王子喷出的血就能使你们的妹妹得救。否则婚礼的第二天早晨，太阳一出，你们的妹妹就会变成海水中的泡沫。

婚礼大典结束的黎明前，美人鱼一个人扶着船舷，孤独地望着暗黑的大海。这时，剪去长发的姐姐们浮出了海面，将一把尖刀扔到了甲板上，她们喊道：

"快用这把刀去刺王子的胸膛。快！一定要在日出之前！把他的血抹到你的脚上，你就可以得救！"

美人鱼捡起了刀子，来到王子的寝室。她远远地望着王子熟睡的脸庞，毅然把刀子投进了海中。过了不久，太阳升起来了，美人鱼沐浴着阳光一头跃入了大海。

她的身体融化了,变成了泡沫,升上了天空。这时候,空中出现了姑娘们的身影,她们聚到了美人鱼周围窃窃私语。

"我们一齐飞到南方的热带国度去吧。那里暑气蒸人瘴气肆虐为害百姓,我们给他们送凉风去。"

这个美好的故事对我来讲,永远是一副良药,治愈着我伤痕累累的心,其疗效胜过任何名医开的特效药。

我取出装着硫酸 D 的小瓶,使劲儿塞入了脚下木条的窄缝中,液体顿时淌了出来,形成了一小片水痕,慢慢地扩散着。这艘老船将要寿终正寝了,此时此刻我心里明明白白。

我起身结完账出了店。我踏过跳板慢慢地走回了石川町车站前,回头望着那条次郎丸。那是一条饱经风霜千疮百孔的旧船。灰色的陋船好像是漂浮在黑乎乎的污水之中。但是,这条陋船也根本救不了我。

明顿之家我从前不知光顾过多少次。这一天我像往常一样朝着元町方向往回走了几步,跨过运河,进了明顿之家。在狭窄昏暗的店里,人们很难注意到我肌肤上的疤痕。我对爵士乐并不是特别习惯,也不太了解,来过几次之后,我慢慢地喜欢上了其中的几张唱片。

这天播放的唱片就是其中的一张,这是我久久不能忘怀的很重要的一张,气象报告乐团的《黑市》。我进了店,在长凳上落了座,把自己的背倚在冰冷的水泥墙上,这时候音乐隆隆地响起来。

音乐刻意从闹市的杂乱中开始了。此时的我,没见过马尔代夫的部落居民,更无法去想象那里的市场是如何嘈杂。整排店铺里,肤色黝黑身着鲜艳长裙的当地土著妇女们叽叽喳喳高声喧哗着,叫卖着各自的商品。棕榈树下简陋的木屋小摊摆满了各种热带水果和鲜鱼。我这能凭着自己的想象来演绎黑市的场景。

　　接下来响起的主题是反复再现的主旋律,使我想象着那条破旧的老船次郎号,浩浩荡荡地驶向马尔代夫的大海。这一刻,我深受感动,泪水止不住涌出了眼眶。我深深地体会到自己是多么羸弱,多么绝望。

　　但是这种绝望并不是坏事,我必须使自己强大起来。无论是年老体衰,还是疾病缠身,都要最大程度地去宽容别人。我清醒地意识到,将来无论遇到什么事,都要充满朝气地在自己人生的大海中劈波斩浪。

　　啊,太美妙了,真的太美妙了。我内心感慨万分。那个装毒药的小瓶已经被我扔到那条老船的木条缝里了,以后不会再用它去伤害任何人了。那些蓝色的液体已经回归大海,不会伤到任何人了。我决定改天也去买上一张这首曲子的唱片,回家慢慢欣赏。

　　这一切都已经成为过去了。您能读到这里,我不胜感谢。从那以后到现在,又经过了二十年。这些年我平平安安地走过来了。现在我还是经常去明顿之家。在那昏暗的店里,欣赏着动听的音乐,抬起低着的头,似乎眼前的墙壁上有一个小孔,从那里就能眺望到蔚蓝清澈沁人心脾的马尔代夫的大海。我的眼前顿觉豁然开朗。

在白色的岸边和宽阔平静的大海之间,那条老船太郎号,静静地横在那里,停泊着。

后记

《溺水的人鱼》《美人鱼兵器》《海与毒药》,这些故事都是以异国的都市为舞台展开的。里斯本、哥本哈根、柏林、华沙……跨越的地方还不算太多,回想起来,我觉得这完全是凭着我对这些异国的深刻印象,笔走龙蛇所完成的。

当然,这些都市各自拥有的特点还必须符合"本格悬念"的结构。里斯本是伊斯兰山城城市,道路狭窄致使那里至今还在沿用当年的老式有轨电车。在柏林地下长眠至今、依然废弃着的巨大的地下宫殿也是举世闻名的。这些舞台在日本是根本找不到的。

《溺水的人鱼》是以里斯本为舞台展开的,精神外科手术方面引发的争议一直备受世人关注,在日本也发生过轰动一时的案件。这是我关注此类问题而执笔的最初动机。在日本最轰动一时的"脑白质切除术谋杀事件"当属樱庭章司事件。

樱庭章司昭和四年(1929年)出生。他身强力壮富于正义感,作为业余拳手成绩斐然。同时,他还勤于学业,自学英语考取了正式的翻译资格证。他还立志要当一名作家。

年轻的时候,他做过土木施工员。因袒护被欺负的同伴,他痛打了张牙舞爪浑身文身的小混混。他还涉嫌用暴力手段抗议老板的不当行为。这些都是他的前科。他作为一名运动员拿起了笔，当上了体育作家，从此一炮而红。事业的成功和非凡的能力使他有了骄傲的资本。有一天，因为赡养老母的事，他与妹夫发生了口角，盛怒之下他捣毁了人家用来展示玩具的玻璃展柜。他因此再次被捕。

为了澄清樱庭章司的前科和他过去的发生的暴力事件，医院对他的易怒性格进行了精神鉴定。随后，又以检查肝脏为名欺骗他，对他实施了脑白质切除手术。最后出院的条件是，他必须在手术同意书上签字。

意欲的减退，使他的书写能力降低到了原来的五分之一。无缘无故出现的癫痫症状令他苦不堪言。有一天，在马尼拉的他发现自己遥望落日的美景时，心里竟然丝毫不为所动。他因此受到了刺激。于是他开始冥思苦想，要先杀死为他手术的主刀医生，然后自己也不活了。

他服下了巴比妥，来到了医生的家。当时刚巧医生不在家，而医生的妻子和岳母在家。于是他一不做二不休，杀死了这两名无辜的局外人。他因此再次被捕。

收监后，法庭对他进行了医学鉴定，结果确认他患有脑萎缩和髓液循环障碍，同时还发现了当年手术时遗留在他脑子里止血夹。这个案件，至今依然是精神外科手术争议的焦点。

在汽车狂热的今天，立风书店出版了一本汽车杂志《方向盘》，每月一期，连载半趣味性的世界名车的试驾感想文章。此时，立风书店出版了《岛田庄司名车交游录》这本书，我很满意。加上优秀的摄影师田中希美男的鼎力相助，使该书成为一本精美的汽车写真集。

但是，这本书是连载的合集，我注意到很多照片和文章未被这本书收录，于是我心里盘算着将之凑齐出一本《名车交游录·完整版》。

某日，我找到了原书房出版社，提出由他们将其结集，分成上下两册再次发行函装精装本。当时他们开出的条件是，要求我写几篇新的短篇小说，分别将之冠于书的首篇。

于是，我撰写了《美人鱼兵器》。为创作短片搜集素材的时候，我又驾起了久违了的名车来了一次兜风，当时我还邀请了那位田中摄影师一起随行。这部车就是小说中海因里希驱车从瑞典的马尔默市，穿过厄勒海峡大桥，到达丹麦的哥本哈根的那辆保时捷356。

为了摄影远赴欧洲是不可能的，当时我们就从赤坂迎宾馆出发，在东京湾里的海萤人工岛之间来回飙车。小说中描绘的那些驾乘感受，就是由此体验而来的。在写作有关356历史的那一个章节，我根本没有费吹灰之力，完全凭着我自己对保时捷356和911积累的记忆，一气呵成。现在我对汽车的兴趣开始淡了，有些记不太清了。

《美人鱼兵器》所展现的世界或多或少看得出是个保时捷车迷所为。文中过分渲染了保时捷这款世界名车，也可以说有些刻意而为的刺激。

　　保时捷有一种只有保时捷才特有的"毒气"。这种东西，其他牌子的车是根本不具备的。一般情况下，这是一种应该被隐藏起来的危险的香气。然而，回想起来，那与费迪南博士本身的气质不无关联，这一切变成了一种超凡的魅力。这款车在激烈的竞速时，那种危险变成了一种动力，使它所向披靡无人可及。

　　二战时的妄想，已经使那时的德国人头脑混乱了。当时，在德国兵的眼里，人已经不是人了，医学上的伦理屏障在战火中消失殆尽。在独裁者统治的德国，这些恶魔般的妄想肆虐了好几年。在这种背景下，德国的科学家们被允许进行各种骇人听闻的反人类的试验。

　　当今，诱导性多功能干细胞理论、克隆和吐火怪兽理论自不待言，DNA的存在及其构造图也被攻破。在这样科技发达的时代，即使原理尚未全解，只要凭着先进的科学理念和精密的尖端技术，一旦与理念呈反比的伦理观念出现滑坡，人类克隆和吐火怪兽的猜想不是不可以实现的。电能的实质目前尚未彻底解明，我们只是知道它的性状，且可以自由自在无忧无虑地广泛使用。

　　希特勒是位独特的"领袖"，但他同时也缺乏修养，动辄轻信一些子虚乌有的奇谈怪论。例如，他相信基督教的产生与雅利安人偷藏圣杯紧密相关，德意志民族的优秀遗传基因体现在其脚掌中心不着地面云云。由此推想,当U型潜艇部队覆灭的时候,用美人鱼作为兵器攻击敌方,这种近乎异端邪说的奇思怪想在权威科学家们中不无市场,也难免他们会兴趣盎然地进行这一类的研究。

从江户中期到幕府末期,在欧洲宗教徒们的脑子里出现了一种有悖于科学精神和虔诚信仰的奇谈怪论。他们一反虔诚的信仰,转而信奉起过渡化石的理论,认为太阳系中各星球之间的距离,与听到神的和弦的位置有关。所以,理论上指示的位置肯定就有新的星球存在。被水陆分隔存在的各种生物之间,存在着一种过渡型的生物。因为这是造物主早已准备好的链锁上的一环云云。

江户时期的日本人,利用西洋人这种根深蒂固的信仰,巧妙地制作出移花接木的赝品当成当地的土特产来诓骗洋人,从中牟利。于是猩猩和美人鱼合二为一的木乃伊便在日本各地应运而生。以前我对这些旧闻就兴趣盎然,于是,就成就了这篇汇集各种杂学知识的鸡尾酒,或者说是杂烩大汤。

岛田庄司

二〇一〇年一月二十七日

图书在版编目（CIP）数据

溺水的人鱼 /（日）岛田庄司著；郭曙光译 . — 青岛：青岛出版社，2018.1
ISBN 978-7-5552-6278-7

Ⅰ.①溺… Ⅱ.①岛…②郭… Ⅲ.①推理小说—日本—现代 Ⅳ.① I313.45

中国版本图书馆 CIP 数据核字（2017）第 277986 号

『溺れる人魚』
OBORERU NINGYO by SHIMADA Soji
© SHIMADA Soji 2006
Original Japanese edition published by Hara Shobo, Japan in 2006.
Republished as paperback edition by Bungeishunju Ltd., in 2011.
Chinese (in simplified character only) translation rights in PRC reserved by Qing Dao Publishing House CO., LTD, under the license granted by SHIMADA Soji, Japan arranged with Bungeishunju Ltd., Japan through Beijing Hanhe Culture Communication Co., Ltd.

山东省版权局著作权合同登记号 图字：15-2017-128

	NISHUI DE RENYU	
书　　名	溺水的人鱼	
著　　者	（日）岛田庄司	
译　　者	郭曙光	
出版发行	青岛出版社	
社　　址	青岛市海尔路 182 号（266061）	
本社网址	http://www.qdpub.com	
邮购电话	13335059110　（0532）68068026	
责任编辑	刘　迅	
封面设计	末末美书	
照　　排	青岛双星华信印刷有限公司	
印　　刷	山东临沂新华印刷物流集团有限责任公司	
出版日期	2018 年 3 月第 1 版　2023 年 3 月第 3 次印刷	
开　　本	大 32 开（880mm×1230mm）	
印　　张	6.75	
字　　数	140 千	
印　　数	12001-15000	
书　　号	ISBN 978-7-5552-6278-7	
定　　价	39.80 元	

编校印装质量、盗版监督服务电话　4006532017　0532-68068638
本书建议陈列类别：外国文学　推理　畅销